ストーリー・オブ・マイ・キャリア
「赤毛のアン」が生まれるまで

L・M・モンゴメリ 著
水谷利美 訳

柏書房

目次

1　プリンス・エドワード島――母の死

『婦人の世界』[1]の編集長から「ストーリー・オブ・マイ・キャリア」というタイトルで何か書くように頼まれた時、一瞬どうしようかと思いましたが、楽しみな感じもして、思わず頬が緩んでいました。「マイ・キャリア」？　私にキャリアなんてあったかしら？　「キャリア」って、少なくとも堂々とした、素晴らしい、きらびやかなもので、山あり谷あり、聞いていてワクワクするようなものじゃなかった？――というか、そういうものでしょ？　静かな平凡な歳月の中で、長い上り坂を骨折って歩んできましたが、そのことを「キャリア」なんて呼べるのかしら。そんなふうに言うなんて考えもしませんでした。だから最初は、その長くて単調な骨折りについて書けることなんてあまりないと思いました。でも、そのなけなしの話を書くべきだって、編集長は気まぐれで思いついたのでしょう。私も編集者たちとの長年の付き合いから、気まぐれに付き合う習慣ができあがってしまっていて、いまだにその習慣が抜けないほどです。それで私は、面白みに欠ける自分の話を喜んで書いてみることにしました。大して役には立たないかもしれないけれど、かつて私が成功に向かって歩んだ退屈な道の途上で同じように悩みもがいている人たちを、少しは励ませるのではないかと思ったからです。

もうずいぶん前のこと、まだ子どもだったころに、私は「リンドウに寄せて」[2]という詩の一節を雑誌から切り抜いて、小さなノートの隅《すみ》に貼りつけました。私はそのノートに手紙や学校の宿題などを書いていて、それを開くたびに、その一節を読み返していました。その詩が、私の目標や希望の支えとなったのです。

それゆえ[3]ささやけ、花よ、眠れるうちに、
我いかにアルプスの道[4]を登りゆくか。
その道は険しく、急なれど、
崇高な高みへと導く道。
我いかに、あのはるか遠くの
真実なる栄光の頂きにたどり着き、
その輝ける巻物の上に、一人の女の
ささやかな名前をしるし得るか。

本当に「険しく急な」道でした。そして私の書きうる言葉がどんなものであれ巡礼者を励ますのなら、私は喜んでその言葉を書きたいと思います。

私はプリンス・エドワード島のクリフトンという小さな村で生まれました。「なつかしきプリンス・エドワード島」で生まれるのは幸運なことです——子ども時代を過ごすには最高の場所ですから。ここ以上にいい場所は考えられません。私たちプリンス・エドワード島の人間は島に忠実です。みんな心の中で、私たちが生まれたこの小さな島のような場所は他に絶対ないと思っています。私たちだって、ここが完全に完璧な場所なわけではないと思うことはあるかもしれません。そもそも地球上のどんな場所だって完璧ではないのですから。でも、私たちがそれを認めることはありません。そんなことを言えば、それが誰であれ、むちゃくちゃ怒って憎しみの目を向けるでしょう！　プリンス・エドワード島民に愛するこの島[5]を悪く言わせようと思ったら、ほめちぎるしかありません。そうすれば、神々の怒りを買わないように自慢したいのをぐっとこらえて、一つや二つ難点はありますよ、まあほんの玉に瑕ですけど、なんて言う気にもなるんじゃないでしょうか。でも、そのまま受け取ってはダメですよ。そんな許しがたい罪を犯してはいけません！

けれども、プリンス・エドワード島は本当に美しいところなのです。北米大陸の中でも一番美しい場所だと私は思っています。もっと贅沢な景色や壮大な風景なら、ほかの場所にもあるでしょう。でも、慎み深くて、心の休まる場所という点では、ここに勝る場所はありません。それは「神聖な海に囲まれ[6]」、青い湾の波に漂う、人里離れた緑の地、「古《いにしえ》からの平安が漂うところ[7]」なのです。

この島の美しさの大半は、はっきりとした色のコントラストが作り出しています——曲がりくねった道の濃い赤、高台と牧草地の色鮮やかなエメラルド色、そして島を囲む海の輝くサファイヤ色など。プリンス・エドワード島をさらに意味深いものにしているのは、その大地というよりは、海なのです。ここでは海から逃れることはできません。内陸の数か所を除いて、海はいつもどこかに見えるのです。ほんのわずかですが、遠くの山々の間に小さな青い裂け目のように見えたり、入り江を囲むエゾマツのうっそうとした枝の間からトルコ石の青緑色の輝きのように見えたりするのです。海に対する私たちの愛は大きく、その潮の香りが血の中に入り込んでいます。その潮騒の魅惑的な呼び声はいつも耳の中で鳴り響き、遠くの土地のどんな場所を歩いていても、その波のささやきはいつだって夢の中で、私たちを故郷へと呼び戻すのです。あの青いセント・ローレンス湾の近くで生まれ育ったという事実には感謝してもしきれません。

それでもプリンス・エドワード島の魅力は陸や海だけでは語りきれません。それはあまりにとらえどころがなく――そう、あまりに繊細なのです。時々、私はその独特の魅力は島の景色に漂うどこか禁欲的な雰囲気にあるんじゃないかと思うことがありました。じゃあ、その厳格な気配はどこから感じるのでしょう。暗くまだらに茂るエゾマツやモミの木から？ ちらっと見える海や川から？ 潮風のすがすがしい香りから？ それともさらにもっと深い、その島の魂にまで行きつくのでしょうか？ 島にも人間と同じように人格があります。[8] その人格を知るためには、島に住み、島の仲間になって、島から体と精神を支える栄養を得なくてはいけません。そのようにして初めて島を知り、また知ってもらうことができるのです。

私の父はヒュー・ジョン・モンゴメリ、母はクララ・ウルナー・マクニール。つまり、私の祖先はスコットランド系で、「祖父母」や「曽祖父母」の代からは、イングランド系も少し混じっています。両方の家にはたくさんの伝統や物語があって、子どもの頃、おじいさんやおばあさんが冬の暖炉の周りで何度もしてくれるお話に、私はわくわくしながら耳を傾けていました。私の血にはその物語が流れているのです。私は「古き英国」から西へと旅立った祖先を誘った冒険の魅力のとりこになりました――その英国を、カナダで生まれ育った両親を持つ人たちでさえも「故郷《ホーム》」と呼ぶのを私はいつも聞いていました。

ヒュー・モンゴメリはスコットランドからカナダにやってきました。彼はケベックに向かう船に乗っていたのですが、運命と一人の女性の意思により大きく人生が変わることになります。彼の妻は大西洋を横断する船上でひどい船酔いに苦しめられました――その当時大西洋を渡るには五日間の船旅などではすみませんでした。森がうっそうと茂り、居住地がわずかに点在していた当時のプリンス・エドワード島の北海岸沖で、船長は水を補給するため船を泊めました。船長はボートを岸に送る時に、モンゴメリ夫人を気の毒に思い、少しは気分が良くなるだろうとそのボートに乗るよう勧めました。モンゴメリ夫人はもちろん、それに乗り込みました。そしてありがたい乾いた大地を再び踏みしめた彼女は夫に宣言したのです、「私はここにいるわ」と。その後、彼女は船に決して乗ろうとしませんでした。忠告しても、懇願しても、議論しても、無駄でした。船酔いで苦しんだ夫人はそこを頑として動かないと決めてしまったので、夫もいやおうなく、彼女と一緒に留まるしかなかったのです。こうしてモンゴメリ家はプリンス・エドワード島へとやってきたのでした。

彼らの息子のドナルドが私の曽祖父ですが、彼はその昔のもうひとつのロマンスの主人公でした。私はこの話を『ストーリー・ガール』の中で使いました。物語に登場するナンシー・シャーマンとベティ・シャーマンはナンシー・ペンマンとベッツィ・ペンマンで、独立戦争が終わって合衆国からやってきた英国王党派[10]の男の娘たちです。その男、ジョージ・ペンマンはイギリス軍の主計官でした。彼はすべての財産を失い、非常に貧しかったけれど、ペンマンの娘達の美しさ、特にナンシーの美しさは際立っていて、遠くからも近くからも、次々と求婚者がやってきて途切れることがありませんでした。『ストーリー・ガール』のドナルド・フレーザーがドナルド・モンゴメリで、ニール・キャンベルはベデックのデイヴィッド・マレーです。その話で私が唯一ほどこした脚色は、ドナルドが馬と小型そりを持っていることだけです。実際に彼が持っていたのは、粗末な木ぞりとそこにつながれたヨボヨボの去勢された雄牛だったのです。彼はナンシーにプロポーズをするために、こんなロマンチックなものに乗ってリッチモンド湾[11]まで急いだのです！

私の祖父、上院議員のモンゴメリはこのドナルドとナンシーの息子で、彼の威厳ある風貌とハンサムな顔は母親譲りでした。彼はいとこであるベデックのアニー・マレーと結婚しました。アニーはデイヴィッドとベツィーの娘。だからナンシーとベツィーは両方とも私の曾祖母にあたります。もしベツィーが今生きていたとしたら、間違いなく熱烈な婦人参政権論者になっていたでしょう。最も進んだフェミニストだって、彼女がデイヴィッドにプロポーズした時のように古い因習をあざやかにはねのけることはできないでしょう。ついでにいえば、彼女とデイヴィッドは世界で最も幸せな夫婦だったと私はいつも聞かされていました。

私が文章の素養と文学趣味を受け継いだのは母方の家、マクニール家からでした。ジョン・マクニールは一七七五年にプリンス・エドワード島にやってきていました。彼の家系はアーガイルシャー[12]の出身で、不運なスチュアート王朝[13]の支持者でした。それで若いマクニールは転地するのが得策かもしれないと思ったのです。スコットランドの二流詩人、ヘクター・マクニールは彼のいとこです。彼は何篇かよく知られた美しい抒情詩を書いていて、その中に「お前さんたちゃおいらのちっちゃなものを見た、おいらだけのものを見た」「おらのあまっこはただ一人」「おらの毛布の下に来い」などがあり、最後の詩はしばしばバーンズ[14]の作だと思われてきました。

ジョン・マクニールは北海岸にあるキャベンディッシュの農場に居を構え、十二人の子どものいる家庭を築きました。一番上がウィリアム・マクニール、私の曽祖父で、「弁士マクニール」としてよく知られていました。彼は抜け目のない人間で、当時としては高い教育を受けていて、この土地の政治に大きな影響力を及ぼしていました。彼はイライザ・タウンゼントと結婚しましたが、彼女の父親は英国海軍のジョン・タウンゼント大佐です。その父親がジョージ三世からプリンス・エドワード島の土地の譲与を受けたジェイムズ・タウンゼントで、彼はその土地をイングランドの家族の土地にちなんで、パーク・コーナーと名付けました。そこへ彼は妻を伴ってやってきたのです。彼女は激しいホームシックになり、手に負えないほどでした。到着してからの数週間、彼女は帽子を脱ごうとせず、うちに連れて帰ってと強い調子で要求しながら、部屋を歩き回っていました。その話を聞いた私たち子どもたちは、彼女が夜その帽子を脱いで翌朝またかぶり直したのか、それとも帽子をかぶったまま寝たのか、あれこれ飽きずに憶測したものでした。でも、彼女は家に帰ることはできませんでした。とうとう彼女はその帽子を脱いで、自分の運命を受け入れたのです。彼女は今はとても安らかに「輝く湖水」、パーク・コーナーにあるキャンベルさんの池のことですが、そのほとりにある小さな古い家族の墓に眠っています。古びた赤い砂岩の墓石が彼女と夫が眠っている場所を示しており、その上には苔むした墓碑銘が刻まれていました——こういうものを彫り、またそれをゆったり読む時間があった時代の長い墓碑銘のひとつです。

プリンス・エドワード島パーク・コーナーのジェイムズ・タウンゼントの思い出に。また彼の妻エリザベスの思い出に。二人はイングランドからこの島に紀元一七七五年、二人の息子と三人の娘、すなわち、ジョン、ジェイムズ、イライザ、レイチェル、メアリーと共に移住した。彼らの息子ジョンは両親の存命中にアンティーガ[15]で死亡。苦しみぬいた母親は忍耐と諦念の中、一七九五年四月十七日、息子を追ってあの世へと旅立った。享年六十九。そして絶望の底に沈んだ夫は一八〇六年十二月二十五日、この世を去った。享年八十七。

百年以上もの間、エリザベス・タウンゼントの眠りをホームシックの夢が悩ませているんじゃないかしら！

ウィリアムとイライザのマクニール夫妻には子どもがたくさんいて、その全員が際立った知能の持ち主でした。まだまだ制度の整っていない当時の地方の学校で、彼らは時折わずかな授業を受けただけでしたが、もっとちゃんとした教育を受けられたなら、彼らの中には高い地位に上った者もいたことでしょう。私の祖父アレクサンダー・マクニールは強烈で純粋な文学趣味の持ち主で、散文を書く才能はかなりのものでした。大叔父のウィリアム・マクニールが書く風刺の効いた詩は絶品でした。しかし彼の兄ジェイムズ・マクニールは天性の詩人でした。彼は何百もの詩を書き、時折それを暗唱して贔屓の人たちに披露していました。彼の詩は活字になっておらず、私の知るかぎり、ただの一行も残っていません。でも、祖父がその詩を繰り返し口ずさむのを耳にしていました。それはまさしく詩であり、その多くは風刺的な擬似英雄詩でした。機知に富み、辛らつで、劇的な詩です。ジェイムズ叔父さんは

「無言で無名の」バーンズといったところでした。たまたま彼は辺境のプリンス・エドワード島で人生を送ることを余儀なくされましたが、現代を生きる子どもたちなら全員が受けられる教育という恩恵を得ていれば、彼は無言でも無名でもなかっただろうと私は確信しています。

私が『ストーリー・ガール』を捧げた「メアリー・ローソンおばさん」はウィリアム・マクニールとイライザのもう一人の娘です。彼女への賛辞を抜きに私の「キャリア」の話が完成することはありません。なぜなら彼女こそ子ども時代の私の成長に大きな影響を与えた人物だからです。彼女は多くの点で、私が知るかぎり本当に最も素晴らしい女性でした。彼女は決していい教育を受けたわけではありませんでした。でも、生まれながらの力強い精神と鋭い知性、そして驚異的な記憶力を持っていて、その記憶力のおかげで、彼女はそれまでに聞いたり読んだり見たりしたことを亡くなる日まで全部覚えていました。メアリーおばさんの話はずば抜けて面白かったので、彼女が若かりし頃の思い出話を始めたり、この島の初期の時代の人たちが言ったことやったことを生き生きと語り出したりしたら、それはもう本当に楽しいものでした。七十代の彼女と十代の私でしたが、ふたりは「親友」でした。私は言葉をどんなに尽くしても、メアリー・ローソンおばさんへの恩を返すことはできません。

私が一歳九か月の時、母は長い闘病の末、キャベンディッシュの古い家で亡くなりました。棺《ひつぎ》に横たわる母の姿を私ははっきりと覚えています──それが私の最初の記憶です。父は私を腕に抱いて棺のそばに立っていました。私は刺繍のあるモスリンの小さな白いドレスを着ていて、父は泣いていました。女の人たちが部屋のあちこちに座っていました。私の前のソファに座っていたふたりの女の人が小声で何かささやき合いながら、父と私を憐れむように見ていたことを今でも覚えています。ふたりのうしろには窓があって、緑のつたがその窓を横切って垂れ下がり、影が床の上の四角い陽だまりの中で踊っていました。

私は母の死に顔を見下ろしました。その顔は何か月も苦しんだことで疲れきり、やつれてはいましたが、美しい顔でした。母はとても綺麗な人でした。死神は容赦無く残酷でしたが、母の華奢な顔の輪郭と、まばたきをするたびにくぼんだ頬にブラシをかけているかのように見えた長い絹のようなまつげ、そして、滑らかで豊かな黄金色の髪には手をつけなかったのです。

私は悲しみをまったく感じませんでした。だって、それがどういうものなのかわからなかったからです。ただぼんやりとした不安は感じていました。どうしてお母さんはこんなにじっと動かないんだろう。それに、どうしてお父さんは泣いているんだろう。私はちっちゃな手を伸ばして母の頬に触れました。その冷たさは今でもはっきり感じられます。部屋の中の誰かがむせび泣いて、「かわいそうな子」と言いました。母の顔の冷たさに怖くなった私が振り向いてせがむように父の首に腕を回すと、父は私にキスをしてくれました。それで落ち着いた私は父に連れて行かれながら、もう一度下を向き、母の美しい穏やかな顔を見ました。それが、潮騒の子守唄をいつまでも聴きながらキャベンディッシュの古い墓地に眠っている少女のようだった母の、たった一つの貴重な思い出です。

2 「天国ってどこにあるの？」

私はキャベンディッシュのマクニール家代々の農場で祖父母に育てられました。キャベンディッシュはプリンス・エドワード島の北海岸にある農地です。鉄道から十一マイル、一番近い町からでも二十四マイルも離れた所にありました。一七〇〇年、そこにスコットランドの三家族――マクニール家、シンプソン家、クラーク家――が移住してきたのです。この三家族の間で頻繁に婚姻関係が重ねられてきたので、キャベンディッシュで生まれ育っていないとうっかり悪口も言えませんでした。かつてメアリー・ローソンおばさんが、「マクニール家とシンプソン家の人たちは自分たちが普通の人たちより少々できがいいといつも思っていたものよ」と無邪気に言っていたのを聞いたことがあります。そして、この地には私たち一族がよそから来た人たちにいつも言われていた少々意地の悪い言い回しがありました、「シンプソン家のうぬぼれ、マクニール家の高慢、クラーク家の虚栄心から我らを救いたまえ」[1]って。確かに欠点はあったかもしれませんが、でも、みんな誠実で、親族を大事にする、正直で神を恐れる人たちであり、信仰深く、素朴で、志を高く持つ伝統を受け継いでいたのです。

私は物心のつかない頃から少女時代にかけて、林檎の果樹園に囲まれた昔ながらのキャベンディッシュの農家で過ごしました。六歳になるまでの記憶は霞《かすみ》がかかったようにぼんやりとしています。それでも、鮮やかな色彩でよみがえる光景も記憶のそこかしこにありました。そのひとつがあのすばらしい瞬間、天国はここにあるんだと無邪気にも思ったその時のことです。

ある日曜日、四歳になるかならないかのころ、私がエミリーおばさんと古いクリフトン教会にいたときのことでした。牧師さんが天国について何か言っているのが聞こえました——天国、よくわからない神秘的なあの場所について私が唯一はっきりわかっていたのは、「お母さんが行ってしまったところ」ということでした。

「天国ってどこにあるの?」私はエミリーおばさんに小声で尋ねましたが、教会でこそこそ喋るなんて許されない罪だとよくわかっていました。エミリーおばさんはそんな罪は犯しませんでした。無言のまま、重々しく、おばさんは上の方を指差しました。子どもって文字通りそのまま信じてしまいますから、天国はクリフトン教会の天井の上のあそこにあるんだと思ってしまったんです。天井には小さな四角い穴[2]がありました。どうしてあの穴から上って行って、お母さんに会っちゃいけないの? 私には大きな謎でした。だから、もっと大きくなったらクリフトン教会に行って、天国まで上って、お母さんを探す方法を見つけようと心に決めました。この信念と願いは、何年もの間、私にとって大きな慰めとなりました、もちろん誰にも言いませんでしたけれど。天国は遠くの、手の届かない場所――「輝けるも遠く離れた岸辺」などではなかったのです。そうです、そんな離れた場所ではないのです！　天国はたった十マイルしか離れていないクリフトン教会の屋根裏にあったんですから！　本当に悲しいことでしたが、とてもゆっくりと、私はその信念を手離していきました。

　トマス・フッドはその魅力的な詩『思い出』[3]の中で、「私はこどもの時よりも天国からはるか遠く離れてしまった」と書いています。私も同じで、大きくなるにつれいろいろな体験を重ね、天国は自分が夢見ていたほど近くにはないのだという事実を七歳の私が泣く泣く受け入れざるを得なくなったとき、世界は前より冷たく、ずっと寂しい場所に思えるのでした。もしかしたら、天国はそれでももっと近くに、「息をするよりも近くに、手や足よりも近くに」[4]あったのかもしれませんが、子どもの考えることはどうしたってとても具体的なので、いったん、真珠の門と純金の大通り[5]はクリフトン教会の屋根裏にはないのだという事実を受け入れてしまうと、天国ははるか遠くの星のさらに向こうにあるようでした。

　あの幼い頃の思い出の多くは、パーク・コーナーにあるモンゴメリおじいさんの農場へ遊びに行ったこととつながっています。祖父とその一家は当時「古い家」に住んでいましたが、その家は私の記憶では、とても古風な趣きのある居心地の良い家で、戸棚や隠れられるような場所がたくさんあって、思わぬ所に小さな階段があったりしました。私が五歳の頃、生涯でただ一度深刻な病気――腸チフスに襲われたのは、この家にいた時のことでした。

　病気になる前の晩、私は使用人たちとキッチンにいて、いつものようにご機嫌で、年老いた料理番のおばさんがよく言っていたみたいに、「お目々ぱっちり、元気いっぱい」でした。私は薪ストーブの前に座っていて、おばさんは火かき用の長くてまっすぐな鉄の棒で火を「かき回して」いました。おばさんがその棒を炉辺に置くとすぐに、私はそれをつかんで、自分も少し「火かき」をしようと思ったんです、私はその「火かき」がとても気に入っていて、赤い燃えさしが黒い灰の上に落ちる様子を見るのが大好きだったのです。

　でも、なんと私は火かき棒の反対側をつかんでしまったんです！[6] 当然、手にはひどい火傷を負ってしまいました。それが肉体的な痛みを感じた初めての経験、少なくとも記憶に残っている初めての痛みです。

　私はあまりの痛さに激しく泣き叫びましたが、自分が引き起こした騒動にかなり満足もしていました。当分のあいだ充分に、申し分なく、重要な存在になったからです。祖父はかわいそうに取り乱した料理番のおばさんを叱りつけていました。父はこの子の手をなんとかしてくれと泣きすがり、みんなは上を下への大騒ぎで、あれがいい、これがいいといろいろな治療法を口々に提案しては試したりしました。結局、私は手と腕をひじまで氷水の桶の中に入れたまま、泣き疲れて眠ってしまいましたが、痛みを和らげるにはそれしかなかったのです。

翌朝目を覚ますと、頭が割れるように痛くて、それは時間がたつにつれ、どんどんひどくなりました。二、三日たって、私はお医者さんから腸チフスだと診断されました。どのくらいのあいだ具合が悪かったのか覚えていないのですが、何度も容態が悪くなり、とうてい回復することはないだろうとみんな思っていました。

私が病気になってすぐにマクニールおばあさんが呼ばれました。私は祖母に会えたことがとてもうれしくて興奮のあまり熱が急激に上がってしまったので、祖母が部屋から出ていった後、父は私を落ち着かせようとおばあちゃんはもうおうちに帰ったよと言いました。父は良かれと思ってそう言ったのですが、あいにくまったくの逆効果でした。私はそれをそのまま信じてしまいました――頭っから信じてしまったんです。だから、祖母がもう一度部屋に入ってきた時、私はそれが祖母のはずがないと思いました。違う！　おばあちゃんはもう家に帰っちゃったんだもの。だからこの女の人は絶対マーフィーさんだわ。祖母のところによく働きに来ていた人で、祖母に似て背が高く痩せていたのです。

マーフィーさんのことは好きではなかったので、彼女が近づくのを私は頑なに拒否しました。それが祖母だとはどうしても思えなかったのです。みんなは私の精神錯乱のせいだと思ったようでしたが、そうじゃないんです。私の意識はとてもはっきりしていましたから。むしろ、父の言ったことが、弱っていた私の心に強く焼き付いてしまったせいなんです。おばあちゃんは家に帰ってしまった、だから、そこにいるはずがない、と私は論理的に結論を出したのです。だから、この女の人はおばあちゃんに似てるけど、誰かほかの人に違いない、と。

体を起こせるようになって初めて、私はこの思い違いから抜け出すことができました。ある晩のこと、それは本当に祖母だったということがすんなりと分かり始めたのです。私はとてもうれしくなって、祖母の腕の中にずっと抱かれていました。私はひっきりなしに祖母の顔をなでまわし、驚きと喜びいっぱいにこう繰り返し言いました。「なぁんだ、やっぱりマーフィーさんなんかじゃない。おばあちゃんだったんだ」

腸チフスの患者はその当時、回復期に今ほど食べるものを厳しく制限されていませんでした。覚えているのは、ある日、まだぜんぜん起き上がれもしない頃、熱が下がって少ししか経っていないのに、昼食が焼いたソーセージだったことです――それも濃厚で、スパイシーで、いい香りの自家製ソーセージで、今なら、体力の落ちた時期に決して出されたりはしないものでした。でも、その日私は久しぶりに空腹を感じて、夢中で食べてしまいました。もちろん、普通に考えれば、このソーセージのために私は命を落とし、今書いているこの「ストーリー・オブ・マイ・キャリア」も急に終わっていたはずでした。でも、そうはならなかったのです。きっと運命だったんですね。そのソーセージを食べてもまったく問題がなかったのは、運命以外の何ものでもないと私は確信しています。

続く夏に起こった二つの事件は、私の思い出の中でもひときわ印象に残っているのですが、おそらくその出来事が強烈に、誰にでもわかるほど悲惨だったからでしょう。ある日、私は祖母が新聞を声に出して読むのを聞いていたのですが、その中に次の日曜日に世界の終わりが来るだろうという記事があったのです。その当時、私は「印刷されて」いるものはどんなことでもそっくりそのまま痛ましいほどに信じこんでいました。新聞に書いてあることは何であれ真実に違いないと。残念ながら、今ではこのような感動的な信念は失ってしまい、喜びや恐怖のワクワク、ドキドキは消えて、人生は貧弱なものになってしまいました。

その恐ろしい予言を聞いた瞬間から日曜日が終わるまで、私は不安のあまり生きた心地がしませんでした。大人たちはそんな私を笑って、私があれこれ聞いても真剣に取りあってはくれませんでした。一方で私は最後の審判の日と同じくらい笑われることも恐れていました。でも、運命の日曜日の前日、土曜日は一日中エミリーおばさんにくっついて、明日の午後の日曜学校には行くのかって何度も尋ねて、彼女を気が狂いそうなくらいイライラさせました。もちろん行くに決まってるわよ、というおばさんのきっぱりした答えにどれだけ慰められたことか。日曜学校があるっておばさんが本当に思っているんだったら、明日で世界が終わるなんて信じてないっていうことですから。

でも、そうは言っても――不吉な予言は印刷されていたのです。その晩は私にとって身も細るほどみじめな時間でした。眠るなんてとんでもない。今この瞬間にも「最後のラッパ」[7]を聞き逃しちゃうんじゃないかしら？　今となっては笑えます――誰だって笑ってしまうでしょう。でも純真な子どもにとって、まさに拷問でした。その後の人生で遭遇する精神的苦痛と同じように。

いつもの日曜日以上にその日曜日は果てしなく長いものでした。でも、とうとう終わりに近づき、「暗く沈みゆく太陽」がセント・ローレンス湾の紫色の水平線にえくぼをつけて沈んだ時には、私はほっとして長いため息をついたものでした。その時になっても、花と日の光に満ちた美しい緑の世界が燃え尽きることはなく、もう少し長く存在し続けることになったのです。それでも、あの日曜日の苦しみを忘れたことはありませんでした。

何年も経ってから、私はその事件を『ストーリー・ガール』の中の「審判の日曜日」という章の土台として使いました。でも、キング果樹園の子どもたちにはお互いに支えあう仲間がいました。私はたった一人でぶどうの絞り桶を踏んでいた[8]のでした。

もうひとつの出来事はもっと取るに足らないことです。『ストーリー・ガール』の「マーティン・フォーブス」は祖父の家に一週間滞在したおじいさんがモデルです。フォーブスはもちろん彼の名前ではありません。確かに彼は、感じの良い、尊敬に値する、そして実際に尊敬もされていた老紳士でした。でも、彼は私に話しかけるたびに私を「ジョニー」と呼ぶので、私は彼のことを毛嫌いしていました。

彼には本当に腹を立てていました！　許されない最悪の侮辱に思えたんです。私が怒ると彼はよけいにおもしろがって、ますますその不愉快な名前で呼ぶのでした。もし力さえあれば、彼を八つ裂きにしてやったのに！　彼が帰る時、私が握手を拒んだら、そのことでまた彼は大声で笑って、「ああ、もう『ジョニー』なんて呼ばないよ、これからは『サミー』だ」ですって。これは私の怒りの炎に油を注ぐようなものでした。

それから何年も、その老人の名前を聞くたびに猛烈な怒りが湧いてきました。まる五年経って、私が十歳になったとき、私は日記にこう書いたのを覚えています。「ジェイムス・フォーブスさんが死んだ。彼は私のことを『ジョニー』と呼んだ、サマーサイドのまったくもって不快な男性の兄弟である」

私はそのいまいましいフォーブスさんに再び会うことはなかったので、「サミー」と呼ばれる侮辱に耐える必要はありませんでした。彼も今では亡くなっていて、たぶん、私を「ジョニー」と呼んだ事実は彼という人物を判断するのに持ち出されたことはなかったと思います。それでも彼ははるかに大きな罪とみなされるものを犯したのかもしれません。彼がからかって感じやすい子どもの心に与えた侮辱の十分の一でさえ誰にも与えられることはないだろうと思うほどの罪を。

この経験は、少なくともひとつの教訓を与えてくれました。私は子どもを決してからかいません。もしそんなことをしそうになっても、フォーブスさんの手にかかって苦しんだという今なお強烈な記憶がよみがえり、必ず思いとどまります。彼にとっては「感じやすい」子どもをからかう、単なる「楽しみ」だったでしょう。でも私にとっては、それは毒蛇の毒だったのです。

3 学校生活と自然のなかで過ごした日々

翌年の夏、六歳になった私は学校へ通い始めました。キャベンディッシュの学校の校舎は白しっくいの軒の低い建物[1]で、うちの門をほんのちょっと出た先の道路沿いにありました。校舎の西側と南側にはエゾマツの森があり、なだらかな丘を覆っていました。昔からあるそのエゾマツの森にはところどころカエデも混じっていて、子どもの私には美しいものとロマンスとに満ちあふれた妖精の国のようでした。学校が森の近くにあったということはいつも感謝すべきことと思っています——森は曲がりくねった道に、シダやコケや森の花でいっぱいの宝の山でした。私の人生により強く、より良い教育的効果をもたらしたのは、学校の机で受けた授業よりもこっちのほうでした。

それに森には小川もありました——大きくて深い澄んだ泉のある気持ちのいい小川です——そこにはバケツに何杯も水を汲みに行ったし、また、数えきれないほどの深い水たまりがあって、その水たまりに生徒たちが牛乳ビンを置いて、お昼ご飯まで美味しく冷やしておいたものでした。生徒はみんな自分のお気にいりの場所があって、男の子であれ女の子であれ、ほかの子の定位置を奪おうものなら、容赦なく呪われていたものでした。私はというと、悲しいかな、その小川での権利がまったくありませんでした。学校が始まる前に曲がりくねった道を「一目散にかけ」下りて、自分の牛乳ビンを苔むした丸太にもたれかけさせて所定の位置に置くという楽しみが、私にはありませんでした。日光に照らされた小川の水が、そのクリームみたいな白を背景に、踊りながらさざなみを立てていたかもしれないのに。

私は毎日お昼を食べに家に帰らなければならず、その特権が自分でも恥ずかしくなるくらい嫌でした。もちろん、今では、毎日家に帰って美味しい温かいお昼ご飯が食べられるなんてとても恵まれていたんだと分かります。でも、当時はそんなふうには考えられませんでした。だって、学校へお弁当を持っていって、校庭で輪になったり、木の下で仲良しどうし食べたりするのに比べたら、半分も楽しくありません。でも、冬の嵐の日など、私もお弁当をもって行かねばならない日がごくたまにあって、そのうれしさったらありませんでした。そういう時は私も「みんなの一人」で、恵まれたおうちだからっていう理由で一人だけ仲間はずれになることはありませんでした。

もうひとつ、みんなと違って嫌だなと思っていたことは、裸足で学校へ行かせてもらえなかったことです。ほかの子たちはみんな裸足なのに、自分だけそうじゃないっていうことがとても恥ずかしかったのです。家では裸足で走りまわれたのに、学校では「ボタンのついたブーツ」を履かなくてはいけないんです。[2] つい最近、私と一緒に学校へ行っていた女の子がこっそり教えてくれたのですが、あの「素敵なボタンのついたブーツ」の私をいつもうらやましく思っていたんですって。人間というのはいつも自分の持っていないものを欲しがるものなんです！　私は友達と同じように裸足で行きたくてたまらなかったのに、ボタンのついたブーツを履くことを最高の贅沢だと腹立たしげに思っていた人たちもいたなんて！

多くの大人は、感受性の強い子どもたちがその小さな世界で、自分とほかの住人が目立って違っていることで受ける拷問のような苦悩について、全然理解していないと思います。忘れもしないある冬の日、私は今まで見たこともない形のエプロンをして学校に行かされました。今考えても、ちょっと不恰好なものでした。その時はおぞましいものに思えました。裾の長い袋みたいで、袖まで付いているんです。この袖がどうしようもなく屈辱的でした。学校で袖の付いたエプロンをしている子なんてそれまで一人もいませんでした。私が学校へ行くと、一人の女の子が、あれ、赤ちゃんのエプロンよ、と揶揄するように言いました。もう最悪でした！　そんなものを着ているなんて耐えられませんでしたが、脱ぐわけにもいきません。私の感じた屈辱は決して小さくなることはありませんでした。そのエプロンが消滅する日まで、またこれがほんとに恐ろしくもちがよかったんですが、あの「赤ちゃん」エプロンは私にとって、人間の我慢の限界を教えてくれるものでした。

私が初めて学校に行った日のことは、これと言って特段の思い出はありません。エミリーおばさんが私を学校まで連れて行ってくれて、何人かの「大きい女の子」に世話を頼んだので、私はその日そのおねえさんたちと並んで座りました。でも、二日目は——ああ！　生涯あの日のことは忘れないでしょう。私は遅刻してしまい、一人で教室に入っていかなければなりませんでした。おずおずと忍び込むように「大きい女の子」のそばに座りました。とたんに笑いの渦が教室中に広がりました。私は帽子をかぶったままだったのです。

こうして今書いていても、その一瞬私を襲った恐ろしい恥ずかしさと屈辱に再び飲み込まれてしまいそうです。その時は世界中から嘲笑の的にされているようでした。こんな忌まわしい過ちを忘れることは、絶対に、ない。こそこそと教室を出て帽子を脱いだ私は、恥辱に粉々にされたみじめな存在でした。

「大きい女の子」に感じたものめずらしさは——その子たちは十歳でしたが、私にはほとんど大人に見えました——すぐに薄れ、むしろ同い年の女の子たちに惹かれるようになっていきました。私たちは足し算に「取り組み」、九九を覚え、「お手本」を写し、教科書を読み、つづりを繰り返し唱えたりしました。私は学校へ行く頃にはもう読み書きができました。魅力的な世界への第一歩として、AはAだということを学んだ時があったはずですが、その過程をどう思い出してみても、私たちが息をしたり食べたりできるのと同じように、私には読む能力も生まれつき備わっていたかのように思えるのです。

私はロイヤル・リーダーシリーズ[3]の第二巻から始めました。単語の読み方を覚えさせる決まり文句[4]が並んだ入門編はすでに家で全部やってしまっていたので、「リーダーⅠ」を飛ばして、「リーダーⅡ」にはいってしまったのです。学校へ行って「リーダーⅠ」が存在すると知った時、自分はそれを一回もやらなかったと思って、いたく悲嘆にくれました。私は何か大事なものを逃し、少なくとも私からすれば、今までほめられたことがなかったので、せっかくのほめられる機会を逃してしまったように思えたのです。私の心には奇妙でばかばかしい痛恨の念が、今なお残っています。

七歳になってからの人生は、それ以前より鮮明に覚えています。七歳の誕生日を過ぎた冬、エミリーおばさんが結婚して遠くへ行ってしまいました。おばさんの結婚式は最高にわくわくする出来事で、その前の何週間にもわたる、もったいぶった準備の日々も同じように覚えています。ケーキを焼き、フロストシュガーをかけ、飾りをつけ、それが延々と！　エミリーおばさんはその当時、ほんの若い女の子に過ぎませんでしたが、私の目にはほかの大人たちと同じように充分年がいっているように見えました。その頃の私は年齢にとんと無頓着でした。大人かそうでないか、そのどちらかしかなかったのです。

エミリーおばさんの結婚式は今ではお目にかかれないような、古きよき時代のものでした。両家の「親戚」一同が全員列席し、式は七時から、食事がすぐその後に、それからダンスやゲーム、そしてもう一度大きな宴が午前一時にありました。

その日だけ夜遅くまで起きていることが許されたのは、たぶんすべての部屋が祝宴のために使われていて、私の寝る部屋がなかったからなのですが、その夜は興奮するやら、おとがめなしで楽しいことがし放題やらで、次の一週間はくたびれきってしまいました。でもそれだけの価値がありました！　そしてまた、申し訳ないことに、私は新しい叔父さんを拳骨でたたいて、エミリーおばさんを連れてっちゃう叔父さんなんか大嫌い、なんて言ってしまったのでした。

翌年の夏、二人の男の子が祖父の家に下宿して学校に通うためにやってきました、それがウェリントンとデイヴィッド・ネルソン、つまり「ウェル」と「デイヴ」です。ウェルは私と同い年で、デイヴは一つ年下でした。楽しい三年間、二人は私の遊び友達で、私たちは本当にたくさんの楽しい時間、素朴で、健全で、愉快な時間を過ごし、美しい夏の夕暮れには、野原や果樹園を喜々として歩き回りながら、お家《うち》ごっこやゲームをし、また、長い冬の夜には炉辺で遊びました。

　二人がやってきた最初の夏、私たちは家の前の果樹園の西にあるエゾマツの森に小さな家を作りました。その場所は若いエゾマツに小さな輪をつくるように囲まれていました。私たちは木と木の間にくいを打ち込み、モミの木の枝をすっかり編み合わせて、自分たちの家を作りました。私はこういうことにかけてはとりわけ達者だったので、草木で覆われた私たちのお城に始末の悪い穴が開いてしまっても、それを埋めるコツを心得ていて、いつも二人から一目置かれていました。私たちはこのお城のドアも作りました。三枚のざらざらの板をもう二枚の板に交差させたのを釘でなんとか打ちつけて、古いブーツから切り取ったぼろぼろの革の留め具で、辛抱強いカバノキに取り付けた、ひどくグラグラして壊れそうなものでした。でも、そのドアは私たちの目を楽しませ、昔のユダヤ人にとっての「神殿の美しい門」[5]のようなものでした。分かりますよね、私たちはそれを自分たちだけで作ったんですから！

　それから私たちが作ったのは小さな菜園で、それはすごく苦労した割には見返りはごくわずかでしたが、私たちの自慢であり楽しみでした。花壇の周りに植えたベンケイソウは、自分たちだけが育つことができると言わんばかりに育ちました。じっさい育ったのはほぼそれだけでした。ニンジンやアメリカボウフウ、レタスやビート、フロックス〔おいらん草〕やスウィートピー――私たちの収穫物はどれもすべてまったく芽を出さないか、しばらく元気のないひょろ長い姿を現した後みじめな最期を迎えるかのどちらかでした、私たちが辛抱強く掘りかえしたり、肥料をやったり、雑草を抜いたり、水をやったりしたにもかかわらず。もしかしたら、それだからなのかもしれませんが、私たちは賢明というより熱心すぎたのでしょう。それでも、私たちはむきになって世話をして、何本かのたくましいひまわりに慰められました。そのひまわりは、タネを蒔いた後ほったらかしていたのに、手塩にかけた植物のどれよりも立派に成長し、その陽気な金色のランプでエゾマツの森の一角を明るく照らしてくれたのです。今でも覚えているのは、私たちのマメが頭に殻《から》を付けたまま伸び続けたのを、大きな問題と感じたことです。私たちはすぐに豆を摘みとってしまい、たいがい悲惨な結果となってしまったのでした。

『赤毛のアン』の読者なら、お化けの森[6]を覚えていることでしょう。それは私たち三人のいたずらっ子にとっては、身の毛もよだつ現実でした。ウェルとデイヴはお化けの存在を心の底から固く信じていました。私はそのことをめぐってよく議論したものでしたが、結果として二人の気持ちが私にも伝染してしまうことがよくありました。お化けそのものを本当に信じたわけではないのですが、私はハムレットに賛成したいと思うようになったんです、つまりこの天と地には普通に考えられる以上のことが存在するだろうと[7]——とにかく、キャベンディッシュのその筋のお歴々に言わせれば、ですが。

お化けの森は、何の変哲もない、きれいなエゾマツの森で、果樹園の下の野原にありました。自分たちの溜まり場がどれもあまりに月並みだと思っていたので、自分たちがおもしろがるためにこんなことを考え出したのでした。この森にお化けがいるとか、私たちが薄暗い時間に森の中をずっと動くのが見えると嘘を言った不思議な「白いもの」は私たち自身の空想が生み出したものではないかとか、そんなことは私たちの誰も最初は本気で信じていたわけではありません。でも、私たちの理性は弱く、想像力は強かったのです。私たちはすぐに自分たちの作り話をすっかり信じるようになって、日が暮れた後には誰もが死を恐れて森に近づこうとはしませんでした。死！「白いもの」の手中に落ちるかもしれないという恐怖と比べたら死など大したことはありません。[8]

夕方、穏やかな夏のたそがれの中、私たちがいつものように裏のポーチの階段に座っていると、ウェルは私の髪の毛が逆立つほど、血も凍るような話をたくさん話して聞かせ、あんなに怖がっていた「白いもの」の一団が角の辺りから急に飛びかかってきたとしても驚かなかっただろうと思うぐらいでした。ひとつの話は、彼の祖母がある夕方、牛の乳絞りに出かけると、祖父が家から出てきて牛たちを庭の方に駆り立てながら、道を下っていくのが見えたように思ったというのです。

この話の「ぞっとするところ」は、祖母がまっすぐ家に帰ると、祖父は祖母が出かけたときのままソファで寝ていて、まったく家の外には出ていなかったという事実です。次の日、この気の毒な老紳士にあることが起こりました。何だったのかは忘れてしまいましたが、間違いなくそれは彼が自分の生霊《いきりょう》を送り出して牛を駆り立てたことに対して受けた、何らかの罰だったのでしょう！

もうひとつの話は、その村に住む、とある道楽三昧の青年が土曜の夜、というより日曜の朝、聖日にふさわしくない飲めや歌えの大騒ぎから家に帰ってくると、火だるまの子羊に追いかけられたという話で、その子羊の頭は切り取られ、皮一枚というか炎の糸でようやくぶら下がっていたというのです。その後数週間、暗くなってからどこかへ出かけるときには、私は必ず首をすぼめて、あの火のお化けが出てくるんじゃないかとビクビクしながら警戒して歩きました。

ある夕方、たそがれの中、デイヴが林檎の果樹園にいた私のところへ、顔から目が飛び出しそうな様子でやってきて、誰も居ないはずの家でベルが鳴ってるのが聞こえたと耳打ちしました。無論、その恐怖はすぐにしぼみました。単に今まで一度も鳴ったことのなかった時計が、分解掃除をしたところ、さっそく時を知らせた音だったのです。これをもとにして『ストーリー・ガール』の「幽霊の鐘」の章ができました。

ところが、ある夜、私たちは本当の幽霊の恐怖を味わいました——「本当の」という言葉は「幽霊」ではなく「恐怖」を修飾しています。私たちは薄明りのなか、家の南の干草畑で遊んでいて、新しく刈られた、いい香りの干草の束の周りで追いかけっこをしていました。ふいに私は果樹園の土手の方をちらっと見上げました。私の背骨にゾクゾクと寒気が走りました、なんと、セイヨウビャクシンの木の下に本当に「白いもの」がいたのです、次第に濃くなる闇の中にぼんやりと白いそれが。私たちはみんな石に変えられたかのように立ちつくして目を凝らしました。

「マグ・レアードだ」とデイヴは怯えた声でささやきました。

ひとこと言っておくと、そのマグ・レアードというのはその辺りを物乞いしながらうろついている人物で、悪いことをするわけでもないのですが、たいていの子どもたちにとって、そして特にデイヴにとっては、子どもを食べてしまうというお化けでした。気の毒なマグがふだん着ていたのは、汚らしい、他人が捨てた洋服だったので、私にはこの白い幽霊が彼女だとは思えませんでした。ウェルと私はそうであればうれしいと思ったことでしょう、マグは少なくとも生身の人間でしたから、でもこれは——！

「ありえないわ！」私は必死に冷静になろうとしながら、言いました。「あれは絶対白い子牛よ」

ウェルは疑いながらもすぐに私に同意しましたが、形もなく這いつくばっているものはちっとも子牛なんかには見えませんでした。

「こっちに来る！」彼は突然、恐れをなして叫びました。

私はもだえながらちらっと一目だけ見ました。本当だ！　それは土手を這いながら降りてきていましたが、どんな子牛もあんなふうに這うことはなかったし、這うことはできないでしょう。私たちは同時に叫びながら家へ向かい、デイヴは一足ごとに「あれはマグ・レアードだ」とあえぎながら言いましたが、ウェルと私の頭にあったのは、ついに「白いもの」が私たちを追いかけてきたということだけでした！

私たちは家に着くと、祖母の寝室へ駆け込みました。三人で出かけたとき、そこで祖母は縫い物をしていたのですが、そこに彼女はいません。私たちはさっと向きを変えてとなりの家へと逃げました。着いたときには手も足もぶるぶる震えていました。私たちはその恐ろしい体験を息を切らしながら話し、そしてもちろん笑われました。それでも、私たちはどんなに説得されても家に帰ろうとしなかったので、フランス系カナダ人の使用人のピーターとシャーロットが、一人はカラス麦のバケツを持ち、もう一人は干草用の熊手で武装して、探しに出かけました。

彼らは戻ってきて、何も見えなかったと言いました。それには驚きませんでした。もちろん「白いもの」は消えていたでしょう、三人のいたずらっ子たちを気も狂わんばかりに怖がらせるという使命を達成したのですから。私たちはそこにやってきた祖父に無理やり引っ張られて、みっともなく家に連れ戻されるまで、決して家に帰ろうとはしませんでした。あの「白いもの」は何だったと思いますか。

実はその日、白いテーブルクロスがセイヨウビャクシンの下の草の上で干されていて、ちょうど日が暮れてきたので、祖母が手に編み物を持ったまま、それを取りこみに出かけていました。祖母が肩にその布をひっかけると、その時持っていた毛糸玉が落ちて土手を転がりました。彼女が腰をかがめてそれをとろうと手を伸ばしている時、私たちが突然逃げて恐怖の叫び声をあげたのに気付きました。でも、祖母が動いたり呼んだりする間もなく、私たちは消えてしまっていたのです[10]。

こうして私たちの最後の「幽霊」は消滅し、私たちは長いこと笑われたので、幽霊の恐怖はそれ以後消えてなくなりました。

でも、私たちはままごとをしたり、庭いじりをしたり、ブランコに乗ったり、ピクニックをしたり、木に登ったりしました。私たちはどれだけ木が好きだったことか！ 私は木がたくさんある場所で子ども時代を過ごせたことをありがたく思っています、それは、とうの昔に亡くなってしまった人たちの手によって植えられ、世話をされ、私たちの人生において感じる喜びや悲しみすべてと密接につながりのある、個性のある木々なのです。私は何年も木と「共に生き」てきたので、私にとって木は愛する人間の仲間のように思えるのです。

納屋の後ろには、私がいつも「恋人たち」と呼んでいた二本の木、エゾマツとカエデが生えていて、それはぴったりと寄り添っていたので、エゾマツの枝が文字通りカエデの枝の中に編みこまれてしまっていました。私はその二本の木にまつわる詩を書き、「樹の恋人たち[11]」と名づけたことを覚えています。二本の木は何年も幸せにひとつになって生きました。カエデのほうが先に死にましたが、エゾマツはそれから二年間、その緑の忠実な腕の中で彼女の死んだ体を抱えていました。でも、エゾマツの心は悲しみに沈み、やがて彼も死んでしまいました。二本の木は生においても死においても長く離れることはなく、美しいままでした。彼らは優しさに満ちた空想でもって、ひとりの子どもの心を育ててくれたのです。

家の前の果樹園の角には、美しいカバの若木が育ちました。私はそれを「白衣の貴婦人[12]」と名づけ、近くにある色の濃いエゾマツはみんな貴婦人を愛していて、彼女の愛をめぐってしのぎを削っているというふうに空想していました。その木はこれまで見た中で、一番真っ白でまっすぐなもの、若く、美しく、乙女のようでした。

「お化けの森」の南の端には、しごく荘厳な古いカバノキがありました。私にとってはいわば木の中の木でした。私はそのカバノキを崇拝し、「森の君主」と呼んでいました。私の初期の「詩」――私が書いた三番目の詩――は九歳の時にその木について書いたものです。私が覚えているかぎり、こんな詩でした。

ポプラとエゾマツの周りに
モミの木とカエデが立っていた。
しかし、私が最も愛した老木は
お化けの森の中にあった。

それは堂々とした、背の高い年老いたカバノキで、
緑の枝を広げていた。
それは暑さと太陽とぎらぎらする光をさえぎった――
それは見事な木だったと私は思う。

それは森の君主だった。

すばらしい王者にふさわしい名前だ。
おお、それは美しいカバノキだった、
名声あるものとして知られた木だった。

最後の行はもちろん詩にありがちな作り事でした。オリヴァー・ウェンデル・ホームズ[13]は言っています。

その若さを保つものはひとつとしてない、
私の知るかぎり、木と真実以外には[14]。

でも、木でさえも永遠に生きることはできません。お化けの森は伐採されました。大きなカバノキは切り倒されずに立っていましたが、生い茂っていたエゾマツ林の保護を失い、セント・ローレンス湾から吹きつける肌を刺すような北風を受けて、カバノキはだんだん枯れていきました。毎春、カバノキの枝の多くは新しい芽を吹くことはありませんでした。哀れなその木は、王位を追われ、見捨てられて、ぼろのマントをまとった王[15]のように立っていました。彼がとうとう切り倒された時、私は悲しくはありませんでした。「夢に囲まれた国[16]」

で、その木は色あせない美しさのまま、その王の座を取り戻したのですから。

二つの果樹園の林檎の木はみんなそれぞれ個性があって名前がつけられていました――「エミリーおばさんの木」「リアンダー叔父さんの木」「小さなシロップの木」「斑点の木」「蜘蛛《くも》の木」「ガヴィンの木」、それからまだまだたくさんの名前がありました。「ガヴィンの木」は小さな白っぽい緑色の林檎の実をつけましたが、この木は近所の農場で雇われているガヴィンという名の小さな男の子がかつてその実を盗んだところを捕まったので、そのように名づけられました。今言ったそのガヴィンがどうして木から林檎を盗もうと決めて、自分の魂を危険にさらし、評判を落とすことになったのか私には理解できません、というのも、その林檎は食べるのにも料理にも適さない、硬くて苦くて風味のないものだったんですから。

なつかしい木たち！　その木みんなに魂があって、天国の丘でまた私のために育ってくれたらと願っています。私は、あの世で、年取った「君主」や「白衣の貴婦人」に、そして小さくて哀れな嘘つきの「ガヴィンの木」にも、会いたいと思っているのです。

4 私の「不思議の国」

八歳の夏、キャベンディッシュは大騒ぎ、たぶんこんなに刺激的な夏はあったためしはなく、もちろん私たち子どもたちは大興奮のお祭り騒ぎでした。マルコポーロ号[1]が砂浜で座礁したのです。

マルコポーロ号は古くからよく知られた船で、これまでに作られた同型の船の中でもっとも速い帆船でした。その船は物珍しいロマンティックな歴史を刻み、多くの言い伝えや船乗りのみやげ話の宝庫でした。ところが、ついにその船もイングランドでプリムソル法案[2]のもと、使用禁止の宣告を受けました。船の所有者はこの船をノルウェーの会社に売ることで法の網をくぐりぬけ、その上でケベックからのモミ材の積荷を運ぶためにそこから借り受けました。船はその帰路に、セント・ローレンス湾で激しい嵐に遭い、浸水し、にっちもさっちもいかなくなったため、船長は乗組員と積荷を守るため、船を岸につけることに決めたのです。

その日、キャベンディッシュはひどい暴風に見舞われていました。突然、大型船が海岸に近づいているというニュースが広がったのです。行くことができた人はみんな砂浜にすっ飛んで行き、みごとな光景を目にしました！——大きな船が帆を全部広げ、強い北風を受けて、まっすぐこちらに向かってくるのです。船は海岸から三百ヤードほどの所で座礁し、その衝突の際に乗組員が索具を切ると、大きな帆柱がすさまじい音を立てて倒れ、その音は猛り立つ嵐の咆哮《ほうこう》にもまさって、一マイル離れたところでも聞こえたほどでした。

次の日、二十人の乗組員が上陸し、キャベンディッシュの近くで寝泊まりできる場所をどうにか見つけました。典型的な船乗りの彼らは、残りの夏、静かな私たちの村を真っ赤に染めたようでした。トラックの荷台になだれ込み、声をかぎりに叫びながら道路を飛び跳ねていくのが彼らのとっておきの気晴らしだったのです。船乗りたちの国籍は様々で、アイルランド人、イングランド人、スコットランド人、スペイン人、ノルウェー人、スウェーデン人、オランダ人、ドイツ人、そして——とても奇妙なのですが——二人のタヒチ人がいました。その羊毛のような頭髪や厚い唇、金色のイヤリングは、ウエルとデイヴと私にとって止めども尽きない興味の的となったのです。

この座礁事件に関しては膨大な量のお役所仕事が生じたので、マルコポーロ号の乗組員たちは数週間キャベンディッシュに滞在しました。船長は私たちの家に泊まりました。彼はノルウェー人で、愉快な、紳士って感じの人で、部下の船乗りたちから神のように崇められていました。彼は英語をまあまあ話しましたが、ちょっと前置詞を混同しがちでした。「私に反対してのあなたの親切ありがとうございます、小さなモードさん」と彼は深々とお辞儀をしながら言ったものでした。

船長がうちにいたので、船乗りたちも私たちの家に集まりました。みんなに精算金が支払われた夜のことを覚えています。彼らはみんな客間の窓の下の芝生に座って、うちの老犬ジップにビスケットをやっていました。ウェルとデイヴと私はフクロウのように目をまんまるにして見ていたのですが、客間のテーブルはソヴリン金貨ですっかり覆われ、船長がそのお金をみんなに払っていたのです。私たちは世界にこんなにお金があるとは想像したこともありませんでした。

当然ながら、海岸は私が物心ついて以来、生活の一部でした。私は嬉しい時も悲しい時も海と親しみ、愛するようになりました。キャベンディッシュの海岸はとても美しい海岸で、一部は岩場になっていて、岩がごろごろしている入り江からごつごつした赤い崖が切り立ち、また一部は長いキラキラした砂浜で、その後ろにある牧草地と池とのあいだに、雑草で覆われた砂丘が曲線状に続いています。この砂浜は泳ぐのに格好な場所です。

子ども時代はずっと、多くの時間を海岸で過ごしました。その頃は今ほど静かで寂しげなところではありませんでした。当時はサバ漁が盛んで、海岸には釣り小屋があちこちにありました。農民の多くは自分の農場の海岸側の牧草地に釣り小屋を持っており、枕木の上に一艘の船が引き上げてありました。祖父はいつも夏にはサバを釣っていて、彼の船には二、三人のフランス系カナダ人が乗り込んでいました。岩がなくなり、砂浜がちょうど始まるところは、釣り小屋がたくさんあって集落のようでした。その場所はカーンプル[3]と呼ばれていましたが、それは、最後の小屋に最後の釘が打ち付けられたその日のその時間に、インド大反乱[4]でのカーンプル大虐殺のニュースが届いたので、そのように呼ばれたのです。今ではそこにはひとつも小屋は残っていません。

男の人たちは朝三時か四時に起きて、漁に出かけたものでした。そして、私たち子どもは八時に朝食を、その後には昼食を持っていかねばならず、さらに、もし一日中魚が「群れを成し」ていれば、夕食も持っていかされました。夏休みなどは、私たちは一日のほとんどをそこで過ごしていたので、私はすぐにその海岸にある入り江や岬や岩をみんな覚えてしまいました。私たちは望遠鏡で船を見たり、海の中でぱしゃぱしゃして遊んだり、貝殻や小石やムール貝を集めたり、岩に座って、文字通り一ヤード単位でダルス〔食用紅藻〕を食べたりしたものです。引き潮のときには岩は無数のカタツムリでいっぱいになりました。カタツムリというのは私たちがそう呼んでいたもので、正しくはタマキビ[5]という名前だったと思います。

私たちは、どこか遠くの岸か深い海の潮溜まりから海岸に打ち上げられた、私たちのこぶしぐらいもある大きくて白い、空っぽの「カタツムリ」の貝殻をたびたび見つけました。私は早くから、ホームズの「オウムガイ」[6]という美しい詩の一節を暗記していて、プリント地のスカートの下に濡れた裸足の足をしまいこんで、大きな丸い石に夢見心地で座りながら、日に焼けた手で大きな「カタツムリ」の貝殻をつかんで、「汝にもっと堂々とした館を建てよう」[7]と私の魂に訴えかけているつもりになっていました。

あの「不安げな海」[8]の近くには「小さくなって捨てられた貝殻」[9]がたくさんあって、私たちはそれを家に持って帰って、自分たちのコレクションに加えたり、花壇の周りに並べたりしました。池の水が湾に流れ込む、海の水路の近くでは、いつも美しい、白いホンビノスガイの貝殻をたくさん見つけました。

柔らかい砂岩の絶壁に絶え間なく激しくぶつかる波が、その絶壁を浸食し、多くの美しいアーチや洞窟を作り出していました。私たちの釣り小屋の少し東の方には切り立った岬があり、干潮の時には、そこに小さな波が打ち寄せました。高い崖になっている岬の首の部分には浸食で穴ができました――それは私たちが手を突っ込むこともできないくらいの小さな穴です。季節ごとにそれは少しずつ大きくなっていきました。ある夏、冒険好きな学校の仲良しと私はそこを這って通りました。体をねじ込むのは窮屈な感じでしたが、私たちは怖がりながらも大はしゃぎで思い切ってやってみて、もし私たちの誰かが途中で引っかかってしまったらどうなっちゃうだろうなどと考えたものでした！

それから二、三年もすると、私たちはその穴をまっすぐ立って歩いて通り抜けることができるようになりました。やがて馬車がそこを通れるようになりました。とうとう、最初から十五年ほどたつと、頂上の岩の細い橋は崩れ、岬は島になり、残されたところはあたかも岩の壁が裂かれて通路になったようでした。

その海岸にまつわる逸話や伝説はたくさんあって、それを大人たちが話すのを耳にしました。祖父は胸を躍らせる話が好きで、その話の細かい所までよく覚えていて、巧みに話すことができました。彼は恐ろしいアメリカ強風――または「ヤンキー・ストーム」と呼ばれていたものです――の話をたくさんしてくれましたが、その嵐の時、セント・ローレンス湾にいた何百ものアメリカの漁船が北の海岸で難破したのでした。

フランクリン・デクスター号[10]とその船で航海をした四人の兄弟の話は、『黄金の道』に書きましたが、それはそっくりそのまま本当のことです。祖父は遺体を見つけ、キャベンディッシュの墓地に埋葬するのを手伝い、悲嘆にくれた父親がやってきた時には、遺体を掘り起こして、不運なセス・ホール号[11]に乗せるのにも手を貸した一人でした。

それからルフォース岬の話があって、それは「セント・ジョン島」がフランス領だった時代を思い起こさせる少々悲劇的な物語で、口から口へと伝えられてきました。それは一七六〇年代のことでした。私は年代を覚えることができません。学校時代にひどく苦労して覚えたもので私の記憶に残っているのはたった二つ、ジュリアス・シーザーが紀元前五五年にイングランドに上陸したというのと、ワーテルローの戦いが一八一五年に起こったというのだけです。[12] フランスとイングランドは戦争中でした。フランスの私掠船[13]がセント・ローレンス湾に出没し、そこから出撃してニュー・イングランドの植民地の商店から略奪をしていました。その中のひとつがルフォースという船長に率いられた船だったのです。

ある夜、彼らはキャベンディッシュの海岸沖に停泊しましたが、当時、海岸は名もなく、木々で覆われた寂しい所でした。なぜだか分かりませんが、乗組員たちが海岸にやってきて、現在ルフォース岬として知られる岬で一晩野営をしました。船長と航海士はひとつのテントを一緒に使い、戦利品を分け合おうとしました。彼らは言い争い、日の出に決闘をすることに決めました。ところが、その朝、撃ち合いの距離を測るのに何歩か数えているときに、航海士が突然ピストルを抜き、ルフォース船長を撃って死なせてしまったのです。

この行為によってその航海士が罰を受けたのかどうか、私は知りません。おそらく受けなかったでしょう。それは血なまぐさい殺人の歴史においてはほんの小さな出来事に過ぎなかったのです。でも、船長は彼が倒れたその場所に乗組員たちにより埋葬され、私は祖父から、わしの父親が子どもの頃にその墓を見たんだとしばしば聞かされてきました。その墓はとうの昔に波の中へと崩れてしまいましたが、その名前はなおその赤い岬にくっついて離れません。

西のほうに六、七マイル行くと、海の方に遠く突き出している長く尖ったニューロンドン岬によって、視界が閉ざされます。私は子どもの頃、その岬の向こう側には何があるんだろうといつまでも飽きずに想像し、きっと、そこは魔法の国に違いないと思っていました。その向こうにはこちら側と同じようなもうひとつの海岸地域があるだけだとだんだん分かってきてもなお、そこは私にとって神秘であり、魅惑の世界でした。私は寂しく遠く離れた紫色の岬に立ちたいと思い焦がれ、その向こうには沈んで見えなくなった夕日の国があるのだと思い込んでいました。

その岬の沖に沈む夕日よりも美しい景色はまず見たことがありません。後年、そこに新しい魅力が加わりました、それは妖精の国の前哨地[14]ののろしのように、夏の夜の薄暮の中で荘厳な星のごとく輝いて旋回する光線[15]です。

私は遠出をすることはあまりありませんでした。時おり、町——シャーロットタウン——へ行くか、パーク・コーナーのジョン・キャンベル叔父さん[16]のところへ行くくらいが私の行動範囲を超えた唯一の小旅行であり、その二つは大きな楽しみになっていました。パーク・コーナーへはまあまあよく行っていて、少なくとも年に一回、ひょっとしたら二回。でも、町へ行くのは三年に一度の最高のごほうびで、今で言うなら——あるいは戦争前なら、ヨーロッパへ旅をする、というのと同じくらいの目新しさと興奮と喜びをもたらすものだったのです。それは、すばらしい魅惑の場所へしばし逗留するということで、そこではショウウィンドウの中の美しいものをひとつ残らず見るという極上の楽しみは言うまでもなく、みんなおめかしをして、好きなだけナッツやキャンディーやオレンジを食べることができたのです。

私は五歳の時に初めて町へ行ったことをはっきりと覚えています。私はその日はとびきり楽しかったのですが、一番うれしかったことは、家に帰る直前に私がやり切った小さな冒険でした。祖父と祖母は街角《まちかど》で友人に会い、立ち話を始めたのです。二人が私に目を留めていないと気付いた私は、すぐに近くの横道へと飛び出して、冒険に胸を膨らませました。たったひとりで通りを歩くというのはなんて愉快で自由だったことか。それはすばらしい通りでしたが、私はその時以来見たことがありません——とにかく、その時と同じようには見たことがありません。ほかのどの通りもその通りほどの魅力を持つものはありませんでした。私が一番びっくりした光景は、屋根の上で女の人が小さな絨毯を振って塵を払っていたことでした。私はこんなメチャクチャな光景を見てびっくり仰天、頭がクラクラしました。私たちは庭で絨毯を振りました。屋根の上で振るなんて誰が聞いたことがあったでしょう！

通りの端まで行き、開いているドアを見つけて、そこの階段を平然と駆け下りた私は、気がつくと心惹かれる薄暗い場所にいたのですが、そこには樽がいっぱいあって、その床にはきれいにカールしたかんなくずが足首の深さまでたまっていました。でも、遠くの角で誰かが動いているのを見たとき、恐怖ではなく恥ずかしさに襲われて、急いで退散しました。帰る途中、私は水差しを手に持った小さな女の子に出会いました。私たちは二人とも立ち止まって、子どもの本能的な、型破りな仲間意識でもって、なんでも話せる仲良しどうしのような会話をためらいなく始めました。その子は陽気な子どもで、目は黒く、長い黒髪を二本の三つ編みにしていました。私たちはお互いに何歳か、お人形をいくつ持っているか、など話せることはほぼすべて話しましたが、二人とも名前を教えることはすっかり忘れていました。私たちがさよならする時は、生涯の友と別れるかのように感じました。私たちは再び会うことはありませんでした。

私が祖父母たちのところに戻ると、二人は私がいなかったことにはまったく気付いておらず、私の「不思議の国」への大冒険については知る由もありませんでした。

パーク・コーナーへ出かけるのはいつも楽しいものでした。何よりもまず、それは心地よいドライブで、十三マイルの曲がりくねった道は丘や森を通り抜け、河や海岸のそばを通りました。いくつも橋を渡り、そのうちの二つは跳ね橋でした。私はいつも跳ね橋のことをものすごく怖がっていて、今でも怖れています。何をしようと、私は馬が橋に足を入れた瞬間から跳ね橋の開閉部を安全に超えるまで、人知れずすくみ上がっていました。

ジョン・キャンベル叔父さんの家は大きな白い家で、果樹園ですっぽり覆われていました。その昔、私がそこに行くと、三人の陽気ないとこたちが飛び出してきて、笑って私を迎えて家の中に引っ張りこみました。その家の壁にはまさしく楽しかった時代の香りが染み込んでいるに違いありません。そしてそこには評判の食品庫があり、いつも美味しいお菓子が詰まっていたので、寝る時間にそこに集まっては浮かれ騒ぎ、あきれるほどのおやつをむしゃむしゃ食べるのが私たちのお定まりでした。

階段の踊り場の壁には古いねじが突き出していて、私はいつもそれを見て自分が本当に大人になったとつくづく感じるのです。記憶に残る最初の頃にパーク・コーナーを訪れていた時には、そのねじは私の鼻の辺りでしかなかったんです！　ところが今では私の膝のところです。私はそこに行く度に、自分がどのくらい大きくなったかそれで測ったものでした。

私はマス釣りとベリー摘みが大好きでした。私たちはいつのものかも分からないような古い釣り針と釣り糸を使い、えさの「ミミズ」をつけて、森の中の小川で釣りをしました。たいてい私は自分で何とかミミズをつけることができましたが、それをするのにおそろしく神経を消耗しました。それでも、私は魚を捕まえることができました。私はある日、おとなの人が池で釣り上げるのと同じくらいの大きなマスを釣って、誇らしい気持ちになったのを覚えています。ウェルとデイヴが私と一緒にいましたが、二人の私に対する評価が五パーセントは上がったように感じました。そんなマスを釣ることができた少女はまんざら軽蔑されるべきものではありませんから。

私たちは森の奥の荒れ果てた土地や野原でベリーを摘みました。そこへ向かう森の小道はジューン・ベル〔リンネソウ〕[17]の香りがして、日光と影が縫うように絡み、コケがじゅうたんのようになっていて、そこにはキツネやウサギの棲家がありました。その野原の周りのカエデの森で、日が沈む頃に聞こえるコマドリのさえずりほど美しいものはありません。

友達と一緒に森の中を歩くのはとても楽しいものでしたが、そこをひとりで歩くのはまったく別物でした。一マイル行った先の道路沿いに住んでいる家族があって、紅茶やお砂糖などを売る小さなお店をやっていました。私はたびたび日用品を買いに行かされたのですが、その森を通っていくのに耐えた恐怖といったら決して忘れることはないでしょう。森を通る距離はせいぜい四分の一マイルでしたが、私には果てしなく思えました。

私はいったい何が怖かったのか自分でも分かりません。その森の中にはウサギより悪いものなんて何もいない、あるいは賢い大人たちが言うように「自分より悪い」ものは何もいないということは知っていました。それは、まさに本能的な恐怖であって、太古の昔、当然の理由から森を怖がった祖先から私に受け継がれたものです。私にとって、それは理解できない理不尽な恐怖でした。そしてこれは昼の光の中でのことであり、暗くなった後にその森を通るなんてまったく考えられないことでした。でも、それをやってのけた人たちがいました。うちの家に下宿していた若い教師は夜にその森を通って歩くことなど何とも思っていませんでした。私の目には、彼は世界がいまだかつて見たこともない最も偉大なヒーローに映っていたのです。

5 少女時代

私が肉体的な痛みを経験した時のことはすでにお話ししました。私が悲しみという精神的な痛みを初めて実感したのは九歳の時のことでした。

私はペットの子猫を二匹飼っていました、カトキンとプッシーウィロー[1]です。カトキンはちょっとおとなしすぎて、ピンク色の鼻だったので、私のお気に入りにはならなかったのですが、プッシーウィローの方は、これまで見たこともないくらいきれいで「可愛い」、グレイの縞模様のちっちゃな毛皮の端切《はぎ》れみたいで、私はこの子が大好きでした。

ある朝、この子が毒にあたって死にそうになっていました。私の大事な小さな子の澄んだ目がどんよりしてきて、その小さな脚が硬く冷たくなっていくのを目のあたりにしたときの耐え難い悲しみは決して忘れることはないでしょう。そして、この小さな死に対して私がひどく悲しんだことを分別のある大人になっても決して笑うことはできません。それはあまりに生々しく、あまりに象徴的だったのです！　それは死というものを私が初めて認識した時であり、私が愛することを知るようになってから初めて、自分の愛したものが永久に去ってしまった時でした。その瞬間、人類の不幸の元凶が私を捉え、「死が私の世界に入った」[2]のであり、すべてのものが永遠に続くと思われた、エデンの園のような子ども時代に私は背を向けたのでした。私はその鋭い忘れがたい痛みという炎の剣によって、そこから永遠に締め出されたのです。

私の家は長老派[3]に属していて、日曜日には毎週、寒々とした丘にある古いキャベンディッシュ長老教会へ通っていました。それは中も外も決して見た目のいい教会ではありませんでしたが、長年の思い出があり、また聖なるものとつながっているとの思いから、信仰者の目には立派に映りました。私たちの席は窓のそばにあって、西側のなだらかな丘や、砂丘の曲線の縁にある青い池、そして青いセント・ローレンス湾の広がる美しい一帯を見渡すことができました。

教会の奥には大きな二階席がありました。私はいつもそこに座ってみたくて仕方がなかったのですが、その一番の理由は、それが許されていなかったからで、まさしく、例の禁断の木の実ってわけです！　年に一度、聖餐式を行う日曜日には、私はほかの女の子たちと一緒にそこに上がることができ、大きなご褒美だと思っていました。私たちは集まっている会衆を見下ろすことができ、その日にはみんな決まって新しい帽子やドレスで着飾っていたので満開の花のようでした。つまり、私たちにとって聖餐式の日曜日は、町に住む人たちにとってのイースター[4]のようなものでした。私たちはみんな新しい帽子かドレスを身につけ、時にはなんとうれしいことに、その両方を身にまとったのでした！　そして私たちは礼拝やそれが記念するものより、服装のことばかり考えてしまっていたんじゃないかと思います。

　その頃の礼拝は長く、私たち小さな子どもはとても疲れてしまって、会衆が「知ることになったのはその夜だった」〔主の晩餐の讃美歌〕[5]を歌っている最中に出て行く無責任な人を羨ましく感じました。私たちは教会の礼拝よりも日曜学校のほうがずっと好きでした。私の一番なつかしい思い出のいくつかは、あの古い教会で私たちの聖書と聖書日課のプリントを木綿の手袋をはめた手で持ちながら、小さな友達と過ごした時間に起きたことです。土曜日の夜には信仰問答やゴールデン・テキスト[6]、パラフレーズ〔韻文聖書章節〕[7]を覚えさせられました。私はいつもそのパラフレーズを暗誦するのが楽しくて、特にドラマチックな詩句が含まれているものは何でも好きでした。

　ロンドンの『スペクテイター』紙は『赤毛のアン』に寄せたとても親切な書評の中で、十一歳の子どもが「ミディアンの忌まわしき日に／虐殺されし騎兵隊が倒るるごとく速やかに」[8]のような一節の劇的効果を理解することができたと作者が書いているところは、事によるとアンの早熟性が少々誇張されすぎていると記しました。

でも、私がこれを日曜学校で暗誦して、この一節に心の底から感動したのは、たった九歳の時でした。その後の説教のあいだ中、私はそれをひとりでずっと繰り返していました。今に至るまで、その一節は私に不思議な喜びと、そしてまた、その意味するところとはまったく別の楽しみを与えてくれています。

子ども時代の私の生活はそんなふうに流れていき、なんの変哲もなく、つまらないものだと皆さんお思いでしょう。胸躍らせるようなものは何もなくて、「キャリア」に興趣を添えるものなどまったくありません。退屈だと思う方もいるでしょう。でも、私にとってこの人生に退屈な一瞬はありませんでした。私は何でもありありと想像することができ、「妖精の国」へのパスポートを持っていたのです。一瞬にして私は時間や場所の制約など一切ない、すばらしい冒険の国へと自分自身をさっと連れ出すことができました――そして実際そうしました。

すべてのものは、なにやら妖精の国の優雅さや魅力を帯びていて、それはみんな私自身の空想から生まれるのですが、夜私が眠る古い家の周りでささやく木々、私が探検した森の片隅、それぞれが風変わりなフェンスや輪郭で個性をだしている農場の牧草地、潮騒がいつも聞こえる海など――すべてが「栄光と夢」で輝いていました。

私はいつも自然を心から愛していました。森に茂る小さなシダ、モミの木の下一面に薄く広がるジューン・ベル、背の高いカバノキの象牙のような幹に降り注ぐ月光、土手に立つアメリカカラマツの古木の上に輝く夜空の星、実り豊かな小麦畑に波打つ影――すべては私に「涙も流せないほどの深く底知れない感動[10]」や、その時には言葉で表現できなかった感情を与えてくれました。

私は幼少期からずっと、ありきたりな日常の中にあっても、自分が完璧な美の王国のすぐそばにいるのだという感じがいつもしていました。その王国と私の間には薄いヴェールしかかかっていませんでした。私は決してそのヴェールを自分で開けようとはしませんでしたが、時折風がそれをはためかせたので、その向こうの魔法の国をちらっと見ることができました――ほんの一目ですが――でも、そんなふうに眺められる時にはいつも、生きていて良かったと思えるのでした[11]。

読書が大好きだったことは言うまでもありません。家にはそう多くの本はありませんでしたが、たいてい新聞はたくさんあって、また雑誌も一、二冊はありました。祖母は『ゴーディーの婦人画報[12]』を取っていました。今ならそれほどいいものだと思うかどうか分かりませんが、当時私は素晴らしい雑誌だと思っていて、それが毎月届くというのは私にとって画期的なことでした。最初の数ページは最新ファッションに身を包んだ人たちが載っていて、いくら見ていても飽きませんでした。私は喜んで覆いかぶさるようになって、できるならばどのドレスを選ぼうかしらと何時間も楽しく過ごしました。当時は額に下ろした前髪、逆毛、山高帽が流行った時代で、どれもみなとびきり美しく思え、大きくなったらすぐに取り入れるつもりでした。

ファッションページの次には短篇小説や連載小説など文学系の読み物が載っていて、私はむさぼるように読み、この上なく美しく、善良なヒロインたちの悲劇に心地よく酔って、目が腫れるほど泣きました。当時、小説の登場人物はすべて黒か白でした。灰色はありません。悪党は男でも女でもみんなきちんとそれと分かり、読むほうは自分の立場をはっきりさせることができました。古い小説作法にはその長所がありました。最近ではどちらが悪党でどちらが英雄なのか区別するのはとても難しいものです。でも『ゴーディーの婦人画報』にはそんな心配はまったくありませんでした。家にあった本はどれもほんとによく読みました。中でも特にお気に入りの本がありました。赤い表紙の『世界の歴史』という二巻本なのですが、それには雑に色づけされた絵が付いていて、まったく飽きずに楽しめました。歴史としては少々お粗末な代物でしたが、物語の本としてはとても面白かったのです。エデンの園のアダムとイブから始まり、「ギリシアの栄光とローマの壮大さ」[13]を経て、ヴィクトリア女王の治世まで描かれていました。

それから太平洋信託統治諸島[14]を扱った伝道の本があり、それにはとても変わった髪型をした人食い人種の首長の絵がたくさん載っていたので、夢中になって読みました。ハンス・アンデルセンの童話はいくら読んでも飽きませんでした。私はいつもおとぎ話が大好きで、幽霊話にも大喜びしました。実際、今でも私は背筋を寒くさせるような、よくできた幽霊話ほど好きなものはありません。でも、それは本当の幽霊の話でなければいけません、いいですか、よく覚えておいてくださいね。幽霊が結局、妄想やわなであってはいけないのです。

私はたくさんの小説を手に取ることはできませんでした。その頃は子どもが小説を読むと眉をひそめられる時代だったのです。家にあった小説は『ロブロイ』[15]、『ピクウィック・ペーパーズ[16]』とブルワー・リットンの『ザノニ[17]』だけで、私は全篇を暗記してしまうほど読みふけりました。

幸い、詩は小説とは違って禁止されませんでした。私はロングフェロー、テニスン、ウィティアー、スコット、バイロン、ミルトン、バーンズ[18]を好きなだけ楽しむことができました。子ども時代に熱中した詩は、大人になってから初めて読んだ場合より、もっと徹底的にその人の本性の一部になります。その調べは成長してゆく私の魂の中に織り込まれ、その後もずっと意識しようがしまいがその中で響くのです――「不滅の者たちの音楽、偉大なる美しい魂の音楽、その進みゆく彼らの足取りが大地を聖なる土地にする」[19]。

ところが、日曜日には詩でさえも読むことができませんでした。それで、私たちが安心して読むことができたのは『天路歴程[20]』とタルミッジの『説教[21]』だけでした。『天路歴程』は何度読み返しても飽きることなく楽しませてくれました。私はこのことは胸を張って言えますが、タルミッジの『説教』を読むときも同じくらい楽しかったということにはそこまで胸を張れません。その頃はタルミッジの輝かしい黄金時代でした。書籍を売って歩く行商人はみんな彼の本を持っており、タルミッジの新刊本というのは当時の私たちにとって、今の「ベストセラー」とほぼ同じようなものでした。その頃の私はタルミッジものがとても好きでしたが、私をひきつけたのはその信仰というわけではなく、むしろ逸話や色鮮やかな劇的な言葉による生き生きとした描写でした。彼の説教は物語のように面白かったのです。今の私にはぜったいにそれを読む忍耐力はないでしょう。でも、生き生きとした人生を熱望していた子どもに喜びを与えてくれたタルミッジに、私は心から感謝しています。

とは言っても、私の大好きな日曜の本は『アンゾネッタ・ピーターズの回想録[22]』という題の薄い小さな本でした。その本のことは決して忘れないでしょう。それは現在では――幸いにも――この地上から消えてしまったタイプの本ですが、その当時はとても流行していました。

それはある子どもの伝記で、その子は五歳の時に改心し、その後すぐに病気になって、数年間驚くほど忍耐強い聖者のような生活をして、とても苦しんだあげく十歳で亡くなるのです。私はこの本を数えきれないくらい読みました。それが私によい影響を与えたとは思いません。ひとつにはそれを読んで私はひどく落胆したからです。アンゾネッタはあまりに完璧すぎて、彼女のことをまねしようにもとてもできないと感じました。でも私はまねようとしました。彼女はどんな時でも決して子どもが使う普通の言葉を使うなんてことはないのです。彼女はどんな言葉に対しても、たとえそれが「今日はどう、アンゾネッタ？」というようなものだったとしても、いつも決まって聖書の一節か讃美歌の歌詞を引用して答えるのでした。アンゾネッタは完璧な讃美歌そのものでした。彼女は讃美歌に向かって死に、彼女が最後にかすかにささやいたのは次の言葉でした。

聞け、天使の声を、とささやく彼ら、
妹なる霊よ、行け。[23]

私はふだんの会話の中に詩の一節や讃美歌をあえて使おうとは思いませんでした。もしそんなことをしたら絶対笑われるだろうと思っていたし、それだけでなく、理解してもらえないだろうと思っていました。それでも私はベストを尽くしました。私は自分の日記に次から次へと讃美歌を、アンゾネッタをまねたスタイルで書きました。たとえば、私は厳かに次のように記したことを覚えています。

今天国にいられたならと私は願う、
母やジョージ・ウィットフィールド[24]やアンゾネッタ・B・ピーターズ[25]と共に。

でも、私は実際そんなふうに願っていたわけではありませんでした。私はそうすべきだと思っただけです。現実の生活では、私は自分自身の世界にも、いろいろな話題[26]でいっぱいの私自身の小さな生活にもとても満足していました。

6 私にも書ける！――幼い作家

ここまで私の子ども時代の出来事や生活について長々と書いてきましたが、それは私の書く才能がこういうものに大きな影響を受けて育まれてきたと思うからです。違う環境で育ったならば、私の書くものもまた違う傾向のものになっていたでしょう。もしキャベンディッシュで過ごしたあの時期がなければ、『赤毛のアン』は決して書かれなかったと思います。

「ものを書き始めたのはいつですか？」と尋ねられれば、「覚えていられたらよかったんですけど」と答えるしかありません。自分が文章を書いていなかった時期、というか作家になるつもりがなかった時期などあった気がしないのです。書くことがいつも私の一番の目的であり、その周りに人生のあらゆる努力や希望、野心が集中していたのです。私は疲れを知らない、幼いへぼ作家で、原稿の山は残念ながらとうの昔に灰になってしまいましたが、もし残っていれば、そのことを証明したことでしょう。私は私という存在にかかわるささいな出来事すべてについて書きました。例えば、お気に入りの場所の細々とした描写、たくさんの飼い猫たちの伝記、出かけた記録、学校での出来事、そして読んだ本の書評さえ書いていました。

あるうららかな日、それは九歳の時でしたが、私は自分にも詩が書けるということに突然気付きました。トムソンの『四季』[1]という詩の本がたまたま手元にあって、それは黒い表紙もめくれ、印刷状態もひどい薄い本でしたが、私はそれをずっと読んでいました。それで私は、その詩をまねて無韻詩で「秋」という「詩」を書いたのです。私はたしか、それを当時郵便業務で使っていた細長くて赤い「郵便明細書」の裏に書いたのでした。欲しいだけの紙を手に入れるのはなかなか難しくて、その古い用紙はとても貴重なものでした。祖父が郵便局を経営していて、週に三回捨てられる「郵便明細書」がありがたくも私のものになったのです。政府は当時、今ほど経費を気にすることはなかったのでしょう、少なくとも郵便明細書に関するかぎり。その頃のものは長さが二分の一ヤードもありました。

ところで、「秋」に関しては、最初の数行しか覚えていません。

さあ秋がやってくる、桃と梨を携えて。
狩人の角笛が島中に聞こえ、
哀れなヤマウズラは羽ばたきつつ、地に倒れ死ぬ。

実は、プリンス・エドワード島ではどの季節にも桃や梨はそんなにたくさんはなかったし、確かにヤマウズラの猟はあっても、この州で「狩人の角笛」なんて誰も聞いたことはなかったのです。でも、あの輝かしい時期、私の想像力は事実によってしぼまされることなんてありませんでした。トムソンの詩には狩人の角笛やその他もろもろ出てくるんだから、私の詩にもそういうものがなくてはいけないんです。

私がこの詩を書いたちょうどその日に父が会いにやってきた[2]ので、私は得意になってこれを読んであげました。父は「あんまり詩に聞こえないな」とそっけなく言いました。それを聞いて、一時ぺしゃんこにされましたが、心底書くことが好きなら、実際、ぺしゃんこになれるものではないのです。いったん自分は詩が書けると気付いてしまったものですから、私は次から次へと溢れるように、あらゆるものを題材に詩を書きました。とはいえ、その後、私が書いたのは韻律詩でした。父が「秋」を詩じゃないと思ったのは韻を踏んでいなかったからだと判断したからです。私は花や月日のこと、木や星や日没をうたった詩を何ヤードも書き、友達にむかって「人生」を語りました。

学校の親友アルマ・M――も詩を書くのが上手でした。彼女と私にはいつも決まってやってしまうことがあって、それは先生に叱られても仕方がないのですが、二人で席をたち、教室の脇の古いベンチに座って、石板[3]に「詩」を書いていたんです。その間、担任の先生は私たちが分数の勉強をしているのだと好意的に思ってくれていました。

私たちはまず自分達の名前で折句[4]を作り、次にはお互いをくどいほどほめあげた詩を書いて、ついにはある日に今度は担任の先生も含め、先生たちみんなのことを心に響く韻文で書きあげようと決めたのです。私たちはそれぞれ石板を埋め尽くすほど書き、二つの詩が先生一人一人に捧げられたのですが、教室を支配して学者ぶっている担任に向けて書いた二つの詩は、彼がキャベンディッシュの美人たちといちゃついているところをいくつか皮肉いっぱいに書きたてたものでした。アルマと私が大喜びで自分たちの作品を比べていた時、私たちの前に立ってはいたけれど背を向けて生徒たちの話を聞いていた先生が突然向きを変え、ひるんだ私の手から石板を取り上げたのです。うわー、どうしよう！　私は立ち上がり、もうこれですべて終わりだと観念しました。先生がどうしてそれを読まなかったのか分かりませんが、その正体になんとなくうさんくささを感じ、威厳を保ちたかったのかもしれません。理由が何であれ、先生は何も言わず、石板を私に返してくれたので、私はほっと息をついて席に着き、先生の気が変わらないうちにと、急いで石板に書いた非難の言葉を消しました。アルマと私はひどく怖い思いをしたので、脇のベンチで一緒にこっそり詩を書いて楽しむなんてことは金輪際やめることにしたのです！

自分で書いたものが初めてほめられた時のことは今でもはっきり覚えています――誰が忘れるものでしょうか。私は十二歳くらいでしたが、すでに相当な数の詩を書いていて、それが人の目に触れないように用心深く隠していました。私は自分の書きなぐったものにはとても敏感で、それが人に見られて笑われると思うと耐えられなかったからです。そうは言うものの、私は自分が書いたものを他人がどう思うか知りたいとも思っていて、それはうぬぼれからではなく、公平に判断できる人が価値を認めてくれるのか、どうしても知りたかったからでした。そこで私はそれを明らかにすべく小さな策略を用いました。今から見れば、それは本当におかしな、そしてちょっぴり哀れなことに思えますが、その時には審判の法廷にいつまでも立たされているかのように思えました。もしそれが不利な判定だったなら、私は自分の夢を永久にあきらめただろうというのは言いすぎだとしても、しばらくの間は確実に凍りついていたことでしょう。

歌手だか何かの女の人が私たちの家によく来ていました。ある夜、私はその人に「夕べの夢」という歌を聞いたことがあるかどうか、おずおずと尋ねました。

彼女が聞いたことがあるはずはないのです。だって、その「夕べの夢」というのは私自身が書いた詩で、当時自分の傑作だと思っていたものだったのです。その詩は今ではもう残っていなくて、最初の二節だけしか覚えていません。訪問客の彼女が私にその「歌」の歌詞を知っているか尋ねてきたので、その二節は消えることなく私の記憶の中に刻まれたのでしょう。私は求めに応じて、震える声で最初の二節を朗読したのです。

夕べの太陽が、
静かに西に沈みゆく時、
栄光の虹の光の輪の中で、
私は腰を下ろしてたたずむ。

私は現在も未来も忘れ、
もう一度過去を生きる、
私の前に去来する
古の美しい日々を眺めながら。

なんとも独創的じゃないですか！　しかも十二歳の子どもがもう一度生きるほど長い「過

去」を持っているだなんて！

私は傍目にも分かるほど息をはずませながら暗誦を終えましたが、その女の人は刺繍に忙しく、私の青ざめた顔や体中の震えには気付いていませんでした。私が青ざめていたのは、それが私にとってはとても重要な瞬間だったからです。彼女は穏やかに、その歌は聞いたことがないけれど「歌詞はとてもきれいね」と言いました。

彼女は率直に言ってくれましたが、そのことで確実に彼女の文学鑑賞能力には疑問があると思われるに違いありません。でも、それは私にとって、それまでの生涯に与えられた、あるいはもっとはっきり言えば、その後与えられたものの中でも最もすばらしいほめ言葉だったのです。そのすばらしい瞬間を超えるものはいまだにありません。私は家から飛び出しました――私の喜びは家にはおさまらず、外の世界すべてが必要だったんです――そして喜びで狂わんばかりにカバノキ林の下の道を跳ね降りて、その言葉を思い出して胸に抱いたのでした。

たぶんこのことに勇気づけられた私は、次の冬のいつ頃だったか、骨身を惜しまず「夕べの夢」を――なんと、紙の両面に！[5]――清書して、それを家でとっていたアメリカの雑誌『ハウスホールド』[6]の編集長に送りました。それによって原稿料が入るなんて考えてもいませんでした。本当に、人が書くことでお金をもらえるなんて当時の私はまったく知らなかったのです。少なくとも、文学で名をあげようという私の幼い夢は、報酬目当ての思惑で汚されることはありませんでした。

あーあ！　『ハウスホールド』の編集長は私の家の訪問者ほどほめてはくれませんでした。そんな必要があるとは知らぬが仏で、私は返信用の「切手を入れて」いませんでしたが、彼はその詩を送り返してきました。

私の野心はつぼみのうちに摘み取られてしまいました。その痛手から回復するのに一年もかかりました。その後、私はもう少し控えめな挑戦をしてみることにしました。もう一度「夕べの夢」を書き写し、それをシャーロットタウンの『エグザミナー』紙[7]に送ったのです。私はきっとこれは紙面に載せてもらえると確信していました。というのも私の詩より出来がよくないと思えた、そしてそれについては今でもそう思える、詩がしばしば載せられていたからです。

一週間というもの、私は自分の詩が名前入りで「詩人のコーナー」に載っているという甘い夢を見て過ごしました。『エグザミナー』紙が届いた時、私はビクビクしながらも意気込んでそれを開きました。そこには「夕べの夢」のかけらもありませんでした！

私は失敗の苦い杯を飲み干しました。今ではおかしくてしょうがないのですが、その時の私にとっては恐ろしい現実であり悲劇でした。私は屈辱で押しつぶされ、再び起き上がる希望を失っていました。私は「夕べの夢」を焼いて、それでも書かずにはいられないので書き続けてはいましたが、もうこれ以上編集者に詩を送ることはありませんでした。

　けれども、私が書いていたのは詩だけではありませんでした。詩を書き始めたすぐ後に、物語も書き始めていたのです。『赤毛のアン』の中の「ストーリークラブ」[8]は、学校時代にジェイニー・S——、アマンダ・M——と私が同じプロットで物語を書いたちょっとした出来事がきっかけとなっています。私が唯一覚えているのは、その話はとても悲劇的な筋だったということだけなのですが、なんとヒロインたちはみんなキャベンディッシュ海岸で泳いでいる最中におぼれてしまうんです！　まあ、何て悲しい話なんでしょう！　ジェイニーとアマンダが創作に挑戦したのはそれが最初で、たぶん最後でもあったのですが、私はすでにかなりの量の物語を書いていて、その登場人物はほとんどみんな死んでしまうのです。中でも、哀れを誘う物語、「私の墓」は自分では傑作だと思っていました。それはメソディスト[9]の牧師の妻の遍歴を描いた長い物語で、その妻は行った先々で子どもを埋葬するのです。一番上の子はニューファウンドランドで、末の子はヴァンクーヴァーで埋葬され、その二つの場所を結ぶカナダ中にお墓が点々としているのです。私はこの話を一人称で書き、子どもたちのことを語り、彼らの死の床をありありと描写し、その墓石や墓碑銘について事細かく書きました。

　それから「フロッシー・ブライトアイズ〔輝く瞳〕の生涯」というお人形の伝記もありまし

た。私はそのお人形を殺すことはできませんでしたが、それ以外のあらゆる試練に引きずり込みました。それでも最後は、そのお人形がこんな危険を通り抜けてきたんだと思ってその子を愛し、今は薄汚くなってしまった姿を気にすることもない、心の優しい少女と共に幸せに過ごさせてあげました。

今日、批評家は私の強みはユーモアであると言います。でも、少なくとも、こういう初期の話にはあまりユーモアはなくて、ユーモアがあるべきだとは考えていなかったのです。たぶん私は全身から悲劇を全部絞り出してその頃の話に注いでしまい、ユーモアの源流を損なわれないままとっておいたのです。私がこんなにたくさん幼児殺しをしたくなったのは、劇的なことが大好きだからだと思います。実生活ではハエ一匹殺すこともできなかったし、増えすぎた子猫を溺死させなければならない[10]と考えただけでたいへんな苦痛でした。でも、私の書く物語では、戦闘、殺人、突然死は日常茶飯事でした。

十五歳の時、私は初めて汽車の旅を経験したのですが、それはとても長い旅[11]でした。父が再婚して住んでいたサスカチュワン州のプリンス・アルバートへモンゴメリおじいさんと一緒に行ったのです。私はプリンス・アルバートで一年間過ごし、そこで高校に通いました。「夕べの夢」でもってあんなに大きな屈辱を感じてから三年が経っていました。この頃までには長い間麻痺していた野心が生気を取り戻し、再びその頭をもたげ始めていました。私はルフォース岬にまつわる昔からの伝説[12]を韻文で書き上げ、故郷の新聞『パトリオット』に送りました。『エグザミナー』はこりごりでしたから！

四週間がたちました。ある日の午後、父が『パトリオット』を持って帰ってきました。私の詩が載っていました！　それは成功という杯に注がれたお酒の最初の甘い泡立ちで、もちろん私はそれに酔いしれました。その詩には恐ろしくも数か所印刷ミスがあって、体中にぞっと寒気が走りましたが、それは確かに私の詩であり、しかも本物の新聞に載っているのです！　自分の頭が産み出した最初のいとしい作品が活字になったのを見る瞬間は生涯決して忘れられるものではありません。初めて子どもを産んだ母親がその子の顔を初めて見た瞬間に訪れるすばらしい畏敬の念と喜びといったものがそこにはあるのです。

その冬には、別の詩や散文も活字にしてもらうことができました。懸賞小説に応募して書いた物語はモントリオールの『ウィットネス』紙に掲載されたし、サスカチュワンについて書いた文章はプリンス・アルバートの『タイムズ』紙に載って、それがウィニペグの数紙に転載されて好評を得ました。それに、言葉がほとばしるように書いた「六月」[13]という詩や、似たような主題で書いたものがいくつか、由緒のある『パトリオット』に載ったので、私はいっぱしの作家気取りですっかりその気になり始めました。

でも、不浄のお金を得ようとする悪魔が私の心の中に忍び込んでいました。記事を書くとお金がもらえると聞いて、私は物語を書き、それをニューヨークの『サン』紙に送ったのです。でも、『サン』はそれを送り返してきました。私は顔をパシンとぶたれたかのようにたじろぎましたが、書き続けました。皆さんおわかりの通り、これまでに私は最初にも、最後にも、そして半ばにも教訓を得ていましたから――「決してあきらめるな！」という教訓を。

翌年の夏、私はプリンス・エドワード島に戻り[14]、パーク・コーナーでその年の冬を過ごして、音楽を教えたり、『パトリオット』に載せる詩を書いたりしました。それから私はもう一年キャベンディッシュの学校に通って、プリンス・オブ・ウェールズ・カレッジの入学試験に備えて勉強しました。一八九三年[15]の秋にシャーロットタウンへ行き、その冬、プリンス・オブ・ウェールズ・カレッジに通って教員免許をとるための勉強をしました。

私はまだ物を書いては送り、送り返されていました。が、ある日シャーロットタウンの郵便局に行くと、封筒の隅にアメリカの雑誌社の住所が書かれた薄い手紙が届いていました。その中には「ただスミレだけ」という詩を受け取ったという簡単なメモが入っていました。編集者は報酬として雑誌二冊分の定期購読権を与えてくれました。一冊分は私自身に、もう一冊分は友達にあげました。[16]こうしてつまらない小話の載ったその雑誌が私のペンが稼いだ最初の有形の報酬となりました。

「これは始まりだ、これからも私は書き続ける」、その年の私の日記にはそう書かれていました。「ああ、私はものを書くことで何か価値あることを成せるだろうか。それこそが私の切なる望みだ」


プリンス・オブ・ウェールズ・カレッジを卒業した後、私は一年間プリンス・エドワード島のビデフォードの学校で教えました。私はたくさん物を書き、多くのことを学びましたが、私の書いたものは相変わらず送り返されていて、二つの季刊誌だけが採用してくれたものの、その編集者は明らかに文学はそれ自体が報酬であり、金銭的対価とは無関係だと考えていたようです。すっかり失望してあきらめてしまわなかったのが不思議だと我ながらよく思います。最初のうちは、骨を折って苦しみながら書いた物語や詩が、冷たい拒絶を告げるあの小さな紙きれといっしょに戻ってくると、非常に傷ついたものでした。決まって落胆の涙が思わず溢れてきて、私はこっそり出て行って、その哀れなしわくちゃの原稿をトランクの底に隠したものでした。でも、しばらくすると、そういうことにも慣れてタフになり、気にしないようになりました。私はただ覚悟を決め、「絶対に成功してみせる」とつぶやくのでした。

私は自分を信じて、一人でひそやかに静かにもがき続けました。私は誰にも自分の野心や努力や失敗のことを告げませんでした。どんなに落胆し、どんなに挫折を感じようとも、心の奥底では、いつか必ず「頂きに到達する」ということが分かっていました。

一八九五年の秋、私はハリファクスに行き、その冬ダルハウジー大学で英文学の選択講座を受けました。その冬の間に私にとって「重大な一週間」が訪れました。まず月曜日にフィラデルフィアの児童向け新聞『ゴールデン・デイズ』[17]から一通の手紙を受け取り、私が送った短篇を受け入れたとのことで、五ドルの小切手が同封されていました。それは私のペンが稼いだ初めてのお金でした。私はそれをどんちゃん騒ぎで無駄遣いすることはなく、必要なブーツや手袋を買うために使ってしまうこともしませんでした。私は町に行き、そのお金で五冊の詩集を買いました——テニスン、バイロン、ミルトン、ロングフェロー、ウィティアーの詩集です。私は「到達した」という思い出の中にいつまでも取っておけるものが欲しかったのです。

同じ週の水曜日、「男性と女性、どちらが忍耐強いか」[18]という論題への投稿の一等賞に私が選ばれ、ハリファクスの『イヴニング・メイル』紙から五ドルの賞金を得ました。

私の投稿文は韻文の形式にまとめたもので、眠れない夜、頭の中で組み立てて、三時に起きて夜明けまでの数時間で書き上げたものでした。土曜日には『若者の友』[19]が詩の原稿料として十二ドルの小切手を送ってきました。私はこんなにたくさんお金をもらって、とてもうぬぼれた気分になりました。それ以前も以後もこんなに裕福になったことは一度もありませんでした！

ダルハウジー大学で冬を過ごした後、私はもう二年間教員生活を送りました。この二年間で、主に日曜学校の印刷物と児童向け季刊誌に向けて、物語を何十作も書きました。この時期のことを私は日記に次のように記しています。

私はこの夏中、仕事に精を出し、脳髄が溶けて脳みそがジュージューと焼けるのではないかと心配したほど暑い日々に、物語や詩を量産した。だけど、ああ、私はこの仕事が大好き！　私は物語をつむぐのが大好きだし、部屋の窓のそばに座って「非現実的な[20]」空想を韻文という形あるものにしていくのが大好きだ。この夏は仕事がうまくゆき、私のリストにいくつか新しい新聞や雑誌を加えた。それにはいろんな種類があって、それぞれの趣味すべてに合わせなければならない。私は本当にたくさん青春小説を書く。こういうものを書くのは好きだが、その多くに「道徳」を入れなくてよければもっと好きになるんだけど。世の常として、道徳を入れないと売れないらしい。だから、頭にある特定の編集者の性格にあわせて、はっきり分かろうがそれとなくだろうが、道徳を入れなくてはならない。私が一番書きたい――そして読みたくもある――青春小説は、質の良い楽しいもの、「芸術のための芸術[21]」、いやむしろ「楽しみのための楽しみ」といったようなもので、ひとさじのジャムの中に隠した錠剤のように道徳がこっそり隠されているようなものではないのだ！

私が原稿を書くのは暑い日ばかりではありませんでした。教員をしていたあるひと冬、私はとても寒い農家に下宿していました。学校での激務を終えた夕方には、あまりに疲れていて書くことができませんでした。そこで私はそのために律義にも朝一時間早く起きました。五か月の間、六時に起きてランプの明かりで着替えをしました。もちろんまだ暖炉の火はくべていなくて、家はとても寒かったものです。でも、私は厚手のコートを着こんで、足が凍えないように足の上に座り、ペンも握れないほどかじかんだ指でその日の私の「日課[22]」を書きました。時おりそれは詩の場合もあり、青い空やさざめく小川や花の咲く牧草地のことを陽気に喜ばしく歌ったものでした！　それから私は手を温め、朝食を食べ、学校へ行くのでした。たまにあるのですが、「あなたには才能があってうらやましい、あなたみたいに書けたらいいのに」などと人に言われると、修業中あの暗い寒い冬の朝を過ごした私のことを、どうしてうらやましいと思えるのか不思議でしょうがなくて、内心くすっと笑ってしまいます。

7 記者生活

祖父が一八九八年に亡くなり、祖母が一人古い屋敷に残されました。それで私は教員をやめて、祖母と一緒に住むことになりました。一九〇一年頃には、ペン一本で自分ひとりが「食べて行ける」収入を得られ始めていました。と言っても私の書いたものがすべて一発で採用されたわけではありません。とんでもない、決してそんなことはありません。原稿十篇のうち九篇は送り返されてきました。それでも私は何回も何回も原稿を送り続け、ようやくどこかに落ち着くのでした。ここでもう一つ紹介する日記の一部が、私がどんな道を歩んできたかを示す道しるべみたいなものになるかと思います。

一九〇一年三月二十一日

今日届いた『マンシーズ』[1]に私の詩「比べてみれば」がイラスト付きで載っていた。とってもカッコよかった。最近私はとてもついていて、新しい良識ある雑誌数誌が文学という茨の道をさまようこの哀れな小羊に扉を開いてくれたのだ。私の詩に関して言えば、さらに良くなって進歩しているように感じる。こんなに一所懸命精進しているのだから、進歩しない方がおかしい。折々に私は詩を書き、それが私の進歩を証明するしるしのようになっている。振り返ってみると、私は六か月前や一年前、いや四年前にはそんなものを書くことはできなかっただろうと思う、まだ織られていない材料で洋服を作ることができないのと同じだ。今週私は二つの詩を書いた。一年前だったらこんな詩は書けなかっただろうが、今はごく自然に浮かんでくる。これだったら私は将来なにか価値あることを成し遂げられるんじゃないかと思える。私は有名になりたいわけではない。自分が選んだ職業において、よい仕事をする人間のひとりとして認められたいだけだ。それこそが幸福だと心から信じているし、その幸せは勝ち取ることが困難であればあるほど、勝ち取ったときにはもっとすばらしく、もっと長く続くものになると思う。

一九〇一年の秋、私は再びハリファクスへ行き、その冬の間、『クロニクル』紙の夕刊である『デイリー・エコー』紙のスタッフとして働きました。私の日記からの一連の抜粋が充分詳しくその経験について伝えることと思います。

一九〇一年十一月十一日[2]

私は今『デイリー・エコー』のオフィスに一人でいる。紙面は印刷に回り、校正刷りはまだ降りてきていない。上の階の植字室では、機械が回り、不愉快で大きな音を立てている。窓の外にはエンジンの排気が猛烈な勢いで噴き出している。中の事務所では二人の記者が議論をしている。そしてここには私が座っている——『エコー』の校正者として、また何でも屋として。最後に日記を書いた時からなんという「突然の変化」だろう！　私は女性新聞記者なのだ！

　すてきな響きでしょ？　ほんとに、で、響きだけじゃなくて実際もとってもすてき。でも、この世のものだから、世俗的[3]だし欠点もある。新聞社での生活は「ビールとお菓子[4]」の楽しいことばかりではない、それはほかのどの場所でも同じだ。でも、全般的にいえば、まったく悪い生活ではない！　退屈ではあるけれど、私は校正がむしろ好きだ。私の最も大きな悩みの種[5]といえば、大見出しと社説である。そもそも大見出しは人目をひくためにモラルに反する傾向にあり、編集長はぞっとするダジャレを言う癖があって、私はそれで災難に遭う。充分に注意したつもりでも「間違いが忍び込み」、それでえらいことになる。今の私が悪夢を見るとしたら、それは見出しが捻じ曲げられ、社説は救いようもなくハッタリばかりで、激昂した編集長が私の前でそれを振り回している夢である。

　新聞は二時半に印刷に回るが、私は電話に出たり、電報を受け取ったり、臨時の原稿の校正をするため、六時までいなければならない。

『エコー』の土曜版には特別の記事がたくさんあり、その中のひとつが「特派員だより」のページだ。たいていその編集をするのが私の役目。その仕事はあんまり好きとは言えないけれど、私がとりわけすごくいやだと思うのは、特派員だよりを「でっちあげる」ことだ。これは新聞界のトリックのひとつである。ある場所――例えばウィンザー[6]――からのたよりがしかるべき時に来ない場合、編集者が私の前に『ウィンザー・ウィークリー』をバサッと置いて、「モンゴメリさん、ここからたよりをひねり出してくれないか」と無頓着に言うのである。

　それで、モンゴメリ嬢はかわいそうに従順にも仕事にとりかかり、「秋の紅葉」とか「穏やかな日々」とか「十月の霜」とか、とにかくそういう季節にふさわしいありきたりのものについて、出だしの文章を一段落かそこら適当に書き上げる。次にウィークリーのコラムにじっくり目を通して、結婚や婚約、お茶会などを扱ったものから、使えそうな人物やニュースの記事をみんな拾いあげて、それを書簡体にまとめ、ウィンザーの特派員のペンネームをでっちあげる――これで特派員だよりの出来上がり！　私は以前には死亡記事も入れていたが、あの編集者がそれに青字で訂正を入れることに気付いた。明らかに死亡記事は社交面に出る幕がないのだ。

また『エコー』の月曜版には軽薄なコラムを書いている。私はそれに「お茶のテーブルを囲んで」[7]というタイトルをつけて、「シンシア」と署名する。

私のオフィスは街区の真ん中にある裏庭に面した奥の部屋である。ハリファクスの洗濯婦がみんなその辺に住んでいるのかどうか知らないが、確実にそのうちのかなりの割合の人たちがそこに住んでいるに違いない、なぜなら、その裏庭には縦横に張られた物干し綱に種々さまざまな衣類がいつも楽しそうに風になびいているからだ。地面や屋根の上では猫がひっきりなしに歩き回っていて、けんかをしようものなら、その叫び声が壁に響く。猫たちはたいてい痩せていてひもじそうな様子だが、中に一匹美しい灰色の猫がいて、私と面と向かう窓枠のところで日向ぼっこをしたりしていて、それがとても「ダフィー」[8]に似ているので、汚れた顔に涙の跡が残ってしまうのを気にしなければ、その子を見て、ホームシックの涙を搾り出していたことだろう。このオフィスは本当に今までいた中で一番汚れる最悪な場所である。

一九〇一年十一月十八日

書き物をするための時間をひねり出すのにずっと苦労してきた。夕方に書くことはできなかった。いつもぐったり疲れていてそんなことはできない。それにボタンをつけたり、ストッキングをつくろったりしなくてはならなかった。そこで私は以前の習慣を取り戻し、朝六時に起きることにした。でも、これは昔のようにはうまくいかなかった。田舎の「女性教師」の時のように早く寝ることはできなかったし、ある程度の睡眠をとらなければやっていけないと気付いたからだ。

選択肢は一つしかなかった。

これまで私は、天才の火が燃えるためには、また暮らしを立てていくための火でさえも、それが燃えるためには、邪魔をされない孤独な状態が必要だと考えてきた。私は一人でいなければならないし、部屋は静かでなくてはいけない。丸められた校正刷りが十分おきに飛び出してきて、人が来てはペチャクチャ喋り、電話がリンリン鳴り、頭の上で機械がドシンドシン動いたり止まったりしている新聞社のオフィスで、何かものを書くことができるなんて想像したこともなかった。そんなことを思うなんてちゃんちゃらおかしい、いや本当に、軽蔑して笑ったことだろう。ところが、ありえないことが起こったのだ。人は何にでも慣れるものだ、しばり首にさえ！[9]と言ったアイルランド人と意見が一致した。

ここでちょっとでも空いた時間があれば、私はものを書き、しかもそれほど悪くないものを書いていて、作品のいくつかは『デリニエイター』[10]や『スマート・セット』[11]『エインズリーズ』[12]が取り上げてくれた。私はぶらっとやってくる訪問客に応対するためにパラグラフの途中で書くのをやめることにも、また、山と積まれた校正刷りに目を通したり、混乱した原稿を読んだりするために、うまく整わない脚韻に意識を集中させている最中に作業を中断することにも慣れてしまった。

一九〇一年十二月八日　土曜日

最近ずっと正真正銘忙しい。会社の仕事、お金目当てのつまらない作品書き、クリスマスプレゼント作りその他だが、その他がほとんどだ。

「その他」のひとつは私が心から嫌いな仕事。魂が縮みあがる。体を縮ませるものも充分ひどいが、それが魂にまで及ぶ時、人の神経と精神にひどく障《さわ》る。わが社はうちの新聞に広告を出してくれているすべての会社に対し、その会社のクリスマス商品をほめたてた記事をただで載せているので、私はそのお店全部をまわって、経営者にインタビューをし、その情報をまとめて二つの「組版」[13]に入れ込んで記事にしなくてはならない。毎日午後三時から五時までビジネス街を歩き回るので、鼻は寒さで紫色になり、指はメモの取りすぎでしびれてしまう。

一九〇一年十二月十二日　水曜日

「どんな風《かぜ》でも誰かのためになる」[14]ということわざ通り、好みに合わない割り当て仕事も私に少々いいことをもたらしてくれた。この間の夕方、私はハリファクスで婦人帽の店を開こうとしているボンマルシェというお店の記事を書くためそこに出向いたところ、オーナーはとても愛想のいい人だった。彼は『エコー』が女性を送ってきてくれてうれしいと言って、うんざりせずにいい仕事をするよう励ます意味で、もし私がボンマルシェにいい記事を書いてくれたら、新しい散歩用の帽子を送ってくれるというのだ。私は彼がただ冗談を言っているのだと思っていたが、なんと、昨日記事が出たら、帽子が届いた、しかもそれがとてもきれいなものだった。

一九〇一年十二月二十日　木曜日

このオフィスで引き受け手がない半端な仕事はすべて、居合わせた記者のところにまわってくる。これまでで一番奇妙な仕事が昨日まわってきた。

イングランドの新聞から選んだ「王家の婚約」という記事を週刊の紙面に載せるため、植字工が版を組んでいて、半分くらい終わったところで原稿をなくしてしまったという。それで社会部の編集者が私にその話の「結末」を書いてほしいと言ってきたのだ。最初自分には無理だと思った。組まれた話だけではその筋の結末を言い当てることなんてできなかった。その上、王族の恋愛についてなど私はよく知らないし、浮ついた気まぐれで王や女王について書くなんてことにも慣れていなかった。

とは言っても、私は仕事に取りかかり、何とかやり終えた。今日それが発行されたが、今のところ「つなぎ目」がどこにあるか言いあてた人は誰もいない。もし記者がこれを見たら、彼はどう思うだろうか。

ついでに言っておくと、十年以上後に古いスクラップブックにあった元記事を偶然見つけたが、原作者の筋の展開は私のものとはまったく似ても似つかぬものだったので、おかしくてたまらなかった。

一九〇一年十二月二十七日　木曜日

クリスマスが終わった。私はクリスマスをひどく恐れていた、というのは、不慣れな土地でよそ者だという感じを強くするだろうと思っていたからだ。でも、例によって予想は現実によって軽くいなされた。私は、手足だろうが神経だろうが、生命を危険にさらすほど無軌道に浮かれるようなことはもちろんなく、まったくちょうどいい具合に、てきめんに楽しい時間を過ごした。

ここに来て以来、初めての休暇だったので、一日中、日曜日のような感じがしていた。Bさんとレストラン「ハリファクス」でごちそうを食べ、午後も彼女と過ごした。夕方私たちはオペラ劇場へ行き、『リトル・ミニスター』[15]を観た。よい出来だったが、本ほどはよくなかった。小説を劇にしたものは好きじゃない。そういうものはいつも私が思い描いている登場人物とはしっくりこなくて不愉快になる。それに、この劇の批評を書いて『クロニクル』に送らなければならないし、こういうのは大嫌い。

一九〇二年三月二十九日　土曜日

今週は雨と霧と神経痛でみじめなものだった。でも、なんとか乗り切った。校正をし、見出しの検討をし、植字工とけんかをし、海軍担当の編集者と冗談を言い合った。不正利得のために非の打ち所のないいろんな脚韻を次から次へとひねり出してから、私の心からの本物の詩をひとつ書いた。

「食べていくため」の仕事は嫌いだ。でも何か良いものが書ければ、極上の喜びを与えてくれる、それは私の理想とする芸術がまさに受肉《じゅにく》する瞬間だ。ちょうど今、編集者がやってきて、明日の仕事を割り振られた、悪い時に会ってしまったものだ。明日はイースターなので、月曜日の『エコー』に載せるため、礼拝後にプレザント通りで行われる「パレード」のことを書くはめになった。

一九〇二年五月三日　棕櫚《しゅろ》の日[16]

午後は編集者の便宜と利益のために、小説を「削除する」のに費やした。彼が休暇でいなかったときに彼の代役が『エコー』に「影の下で」という題の連載を始めてしまったのだ。ＡＰＡ[17]の作品にするべきだったのに、そうはせず、センセーショナルな作品を安易に買ってそれを使ってしまった。それはとても長くて、もともとの担当の彼が戻ってきたときには半分しか終わっていなかった。そこで、今のままだと夏中かかってしまうだろうという事で、不必要な部分をすべて容赦なくカットするよう命じられたのだ。私は命令に従い、キスや抱擁のほとんど、口説き場面の三分の二、そしてすべての説明部分をカットして、首尾よくもとの長さの三分の一くらいにまで減らすことができた。私は「神様、この切り刻まれた版を組んだ植字工の魂の上にご慈悲を」と言うことしかできない。

一九〇一年[18]五月三十一日　土曜日

今夜は心の中で大いに笑った。私が路面電車に乗っていると、隣にいた女性二人が『エコー』で終わったばかりの連載のことを話していたのだ。一人がこう言った。「ねえ、あんな奇妙な話、今まで読んだことなかったわ。何週間も章から章へさまよってて、全然らちが明かない感じだったのに、そしたら急に最後の方の八章で全速力で終わっちゃって。わけがわからないわ！」
私ならそのなぞを解くことができたんだけど、そうはしなかった。

8

『赤毛のアン』の誕生

一九〇二年六月、私はキャベンディッシュに戻り、その後九年間ここを離れることはありませんでした。最初の二年間は、以前と同じように短篇と連載だけを書いていました。でも、私は一冊の本を書こうかと考え始めていたのです。本を書くのはたえず私の希望であり念願でした。でも、そんなことに手がつけられるとはとうてい思えませんでした。

私はいつも話を書き始めるのがすごく嫌いなんです。最初の段落が書けてしまえば、半分終わったように感じるほどです。その後はすらすらと出てきます。一方で、一冊の本を書き始めるなんて途方もない課題に思えました。そのための時間をどうやって作れるか分かりませんでした。私のいつもの執筆時間から、さらに余分な時間を割くことなどできませんから。私は取ってつけたように座って「さあ！　ペンも紙もインクもプロットもある。本を書こう」なんて言うことは決してありませんでした。それは本当にただ単に「起こった」のです。

私はいつもノートを持ち歩いていて、プロットのアイディアや出来事、登場人物、描写表現など、思いついたときに書き留めていました。一九〇四年の春、日曜学校の新聞に書きたいと思っていた短い連載に何か使えそうなものがないかと、このノートをぺらぺらめくっていたのです。すると何年も前に書いて消えかかっていたこんなメモを見つけました、「初老の夫婦が孤児院に男の子を依頼する。手違いで二人のところに女の子が送られてくる」。これはいけると思いました。私はまず大まかな章立てを決め、手法を考え、挿話を選び、私のヒロインのことを「雛を抱くようにじっと考え」ました。アン（Anne）は――計画的に[1]そのように名づけたのではなく、重要な「e」さえも含めてすでに[2]名づけられたものとして私のイメージの中にパッとひらめいたのですが――どんどん拡大して、すぐに私には現実の存在に思えるようになり、異常なほど私をとりこにしてしまったのです。アンが訴えてくるので、すぐに終わってしまう小さな連載だけで彼女を使い捨てにするのはすごくもったいない気がしてきました。そしてこんな考えが浮かんだのです、「本を書こう。書きたいものはある。あとは一冊の本に足る長さに広げるだけでいいんだわ」

その結果が『赤毛のアン』でした。私は毎夕、いつもの仕事を終えた後にこれを書き、ほとんどの部分を何年間も私の部屋となっていた切妻屋根[3]の小さな部屋の窓辺で書きました。先ほど言ったとおり、私はこれを一九〇四年の春に書き始めました。書き終えたのは一九〇五年の十月のことでした。

私の初めての本が出版されて以来ずっと、「だれそれは本の中のだれだれのモデルですか？」という質問に煩わされてきました。しかも私のいないところでは、それは疑問文ではなく、肯定文で断定されたりしているのです。私の本の登場人物の「モデル」は自分のよく知っている人だと主張する人が大勢います。ところで、私としては、長年人間の本性を観察してきましたが、その人の本性を損なうことなく丸ごと本の中に描かれた人などひとりも会ったことがありません。芸術家なら誰でも知っていることですが、書きたい人の実生活をそのまま描くと、その人について間違った印象を与えるのです。もちろん実生活から学ぶことは必要であり、頭や腕を正確に描写し、ちょっとした性格やその人らしい身体的精神的特徴をうまく使って、「理想的なものを完成させるために現実のものを利用する」ことが必要です。

けれども、理想像は、ことに芸術家の理想像は、現実の背後にそれを超えて存在するものでなくてはなりません。作家は登場人物を創造しなければならないのです、そうでなければ、生きているものには見えません。

たった一つの例外を除いて、私は本の中の人物を実生活から引っ張ってきたことはありません。その例外とは『ストーリー・ガール』の「ペッグ・ボウエン」[4]です。その時でさえ、とても自由に手を加えました。私は本の中で実在の地名や、実際の出来事もたくさん用いてきました。でも、現在に至るまで、登場人物については私自身の想像力が作り出すものにもっぱら頼ってきたのです。

「アヴォンリー」はある程度までキャベンディッシュのことです。「恋人たちの小路」は近所の農場の森を通るとても美しい小路でした。そこは私が幼い頃からよく行っていた大好きな場所だったのです。「海岸道路」はキャベンディッシュとラスティコを結ぶ実在の道路です。でも、「喜びの白路」「ウィルトンミア」[5]「すみれの谷」はスペインにある私のお城[6]の敷地から移したものです。「輝く湖水」は一般的にはキャベンディッシュの池と思われています。が、実はそうではないのです。私が心に描いていた池はパーク・コーナーのジョン・キャンベル叔父さんの家の下の方にある池です。でも、キャベンディッシュの池で私が何回も見てきた光と影の印象が、無意識のうちに私の描写の中に入り込んでいるのだと思います。場所に名前をつけるアンの癖は私自身の昔からの癖です。私は古い農場の隅から隅まで、きれいなところにはすべて名前をつけました。覚えているところでは「妖精の国」「夢の国」「ネコヤナギの宮殿」「誰もいない国」「女王の寝室」など、他にもたくさんありました。「森の精の泉」は純粋に想像から生まれたものですが、「古い丸太の橋」は実際のものです。それは風で倒された大きな一本の木が小川にかかってできた橋でした。それは私の一世代前までは橋の役目を果たしていましたが、何百人もの人たちがそこを渡ったために、貝殻のように中が空洞になってしまったのです。風で土がその裂け目に入りこみ、シダや草がそこから生い茂って房飾りのようになりました。側面はベルベットのような苔が覆い、その下には深い、澄んだ水が流れ、太陽の光がちらちら映っていました。

アンのケイティー・モーリス[7]は私のケイティーでした。家の居間には大きな本棚が常に置いてあって、陶器をしまう戸棚として使っていました。その棚の両方の扉には大きな楕円形のガラスがはめてあって、部屋をぼんやりと映していました。幼い私は、この両方のガラスの扉に映る自分の姿を「本物の人間」と思い込んでいたのです。左側の扉に映る私がケイティー・モーリスで、右側がルーシー・グレイでした。どうしてそういう名前にしたのか自分でも答えられません。ルーシー・グレイはワーズワースの「バラッド」[8]とは無関係です、その時にはまだ読んだことがなかったのですから。実際、何か考えがあってそういう名前をつけた記憶はまったくないのです。思い出せるかぎりでは、ケイティー・モーリスとルーシー・グレイは本棚の後ろの妖精の国に住んでいました。ケイティー・モーリスは私と同じ小さな女の子で、私は彼女が大好きでした。私はその扉の前に立って、ケイティーと秘密を打ち明けあいながら、何時間もたわいないおしゃべりをしたものでした。特に、夕暮れ時にそういうおしゃべりをするのが好きで、その時間にはすでに灯されていた火が部屋に反射して、その光と影がうっとりするほど美しかったのです。

ルーシー・グレイは大人で、しかも未亡人でした！　私は彼女のことはケイティーほど好きではありませんでした。彼女はいつも悲しんでいて、いつも自分の悩みについて憂鬱な暗い話を私にしてくるのでした。それにもかかわらず、私は彼女の気持ちが傷つかないように、几帳面にも順番に彼女のところに行きました、なぜって彼女はケイティーに嫉妬していたからで、ケイティーもまた彼女が好きではありませんでした。こんなことはまるっきりナンセンスに思えるでしょうが、当時の私にとってそれは現実以外の何物でもありませんでした。部屋を横切る時には必ず向こう側にあるガラスの扉のケイティーに手を振ったものでした。

あの有名な塗布剤入りケーキの一件は、私がビデフォードのメソディスト派の牧師館に下宿をして教員をしていた時に実際に起こったことです。牧師夫人は魅力的な人でしたが、ある日、レイヤーケーキに痛み止めの塗り薬で香りを付けてしまったのです。その間違いはお茶の時間になるまで誰も気付かず、私たちはそれを食べてしまったのですが、そのケーキの味とその後の大笑いは決して忘れることはないでしょう。その夜はなじみのない牧師さんもお茶に呼ばれていました。彼は自分に出されたケーキを一かけらも残さず食べました。彼がどう思ったか私たちには結局わかりませんでした。もしかしたら彼はただ流行の風味だと思ったかもしれません。

『赤毛のアン』でマシューが死んでしまうのは残念だったと多くの人が私に言ってきました。私自身も残念に思っています。もし私がもう一度あの本を書くとしたら、マシューをもう数年生かしておくでしょう。でも私があれを書いた時は、彼は死ななければならない、またアンにとって自己犠牲が必要だろうと考えたので、そのために、かわいそうにマシューは私が過去に読んだ本の中で死んでいった人たちの幽霊の仲間としてその長い行列に加わったのです。

こうして私の本がついに完成しました。次にすべきことは出版社を探すことでした。私は、大文字がはっきりしなくて「w」がまったく出てこない中古のタイプライターで自分で原稿を打ち込み、「ベストセラー」を何冊か出して最近のし上がってきた新しいアメリカの出版社に送りました。すでに好みの作家のリストを持っている老舗の出版社よりも新しい会社の方がチャンスがあると考えたのです。ところが、その新しい会社はすぐに原稿を送り返してきました。そこで次には「老舗の会社」のひとつに送ってみましたが、その老舗の会社も送り返してきました。それで、今度は「どっちつかずの中間の会社」三社に送ったところ、三社ともそれを送り返してきました。原稿を送った五社のうち四社は、素っ気なく印刷された断りの手紙といっしょに返却してきました。残りの一社は「気のないほめ方をして」きました。[10]その会社はこう書いてきたのです。「わが社の原稿審査係によると、あなたの物語にはそれなりにおもしろいところもなくはないが、出版を請け負うに足るほどではない、とのことです」

それで万事休すでした。私は『アン』を衣裳部屋の古い帽子箱にしまい、いつか時間ができたときにアンを取り出して、最初に彼女が形となったもともとの七章に縮めようと決心しました。そうすれば、少なくとも三十五ドル、もしかしたら四十ドルぐらいにはなるかなあとまあまあ確信はしていました。

その原稿はある冬の日探し物をしているときに偶然見つけるまで、帽子箱の中で眠っていました。私はページをペラペラめくって、ちょこっとずつあちこち読んでみました。そんなに悪くないように思えました。「もう一度やってみよう」と私は思ったのです。その結果、数か月後の日記に、私の本が受け入れられたという内容が書かれることになったのです。当然大喜びの言葉の後で、私は次のように書いています。

この本は成功するかもしれないし、しないかもしれない。私はこれをお金のためではなく、愛のために書いた。でも、大抵そういう本こそ一番成功する。何にかぎらず真の愛から生まれたものはその中に命が宿り、お金目当てで作られたものには決して命は宿らないというのが世の常である。[11]

なんと、私は自分の本を書いた！ もうずいぶん昔に、学校のあの古い茶色の机で夢見た夢が何年もの苦労と努力の末にとうとう実現した。そして実現というものは甘く快いもので、夢と同じくらい快い。[12]

本が成功するかしないかということを書いた時、心に抱いていたのは本当にほんの適度な成功というもので、実際に達成した成功とは大違いでした。この本が老若男女すべての人を引きつけるとは夢にも思っていませんでした。十代の女の子たちは読みたがるだろうと考えていて、私が得たいと願っていた読者はそれだけでした。ところが、そういう子の祖父母の年代の人たちも『アン』が大好きだという手紙を私にくれましたし、大学の男子学生も同じような手紙をくれました。この文章を書いているまさにその日に、一切面識のないイギリスの十九歳の若者から一通の手紙が届きました。彼は「前線」へと出発するところなのだが、「出かける前に」私の本が、特に『アン』が彼にとってどんなに重要な意味を持つものであるかを告げたかったと書いてきたのです。このような手紙をもらうと、作家はすべての犠牲と労苦の甲斐があったと思わされるものです。

とにかく『アン』は受け入れられました。でも、私はこの本が出版されるまであと一年待たなければなりませんでした。そして一九〇八年六月二十日、私は日記に次のように書きました。

今日は、アン自身の言い方をまねれば、『私の人生の記念すべき日』だった。『出来たてほやほや』の私の本が今日出版社から届いた。正直に告白するなら、これは私にとって誇らしい、すばらしい、わくわくする瞬間だった。私が自覚する私という全存在のすべての夢と希望と野心と努力が具体的な形となったものがここに、私の手の中にある——私の初めての本だ。偉大な本ではないが、私の、私の、私のもの、私が作り出したものなのだ。

『アン』については世界中から何百もの手紙を受け取りました。そのうちの何十通かは私宛ではなく「プリンス・エドワード島、アヴォンリー、グリーン・ゲイブルズ、アン・シャーリー様」という宛名になっていました。そういう手紙は小さな女の子たちが書いたもので、みんなアンが本物の生身の人間だといじらしいほどに信じているので、私はいつもそのような思いを壊したくありませんでした。私への手紙の中にはとても面白いものもありました。一通の手紙は興味深いことに、「長い間いなくなっていた私の愛する叔父さんへ」という書き出しで始まり、これを書いた人は、私のことを何年も前にいなくなってしまったらしいライオネル叔父さんだと言い張るのです。彼女は「親愛なる姪」にどうか手紙を書いて、長い間なんの音沙汰もなかった理由を教えてください、と手紙を結んでいました。自分たちの人生はとても面白い話になるから、もし私がそれを書いて収益の半分をくれるのなら「事実」を提供してあげます、などと書いてきた人たちもいました！　そのような手紙の中で、返信用の切手を同封してきた若い男性からの一通にだけ、返事を書きました。彼をできるだけがっかりさせないようにそれとなく断るために、「書くのに少なくとも十年はかかるくらいの本をすでに計画していますので、材料には不足していません」と伝えました。彼はまた手紙をよこし、自分はとても忍耐強いので、十年の期限が過ぎるまで喜んで待ちます、そしてその時になったらまた手紙を書きます、と言ってきたのです。ですから、もし私自身の創造力が尽きてしまったとしても、私はその若者が保証した「わくわくする一代記」にいつでも頼ることができるのです！

『赤毛のアン』はスウェーデン語とオランダ語に翻訳されました。[13]　私の持っているスウェーデン語版の一冊を見るといつも愉快できりがないほど笑ってしまいます。表紙にはアンの全身像が描かれているのですが、それが、日よけ帽をかぶり、みんな知っているあのじゅうたん地で作った旅行用手提げを持ち、そして髪の毛が文字通り真っ赤なのです！

『赤毛のアン』の出版でもって、私の闘いは終わりました。それ以来六冊の小説を出版しました。『アンの青春』が一九〇九年に出て、それに続いて一九一〇年に『果樹園のセレナーデ』が出ました。『果樹園のセレナーデ』は実際には『赤毛のアン』の数年前に書かれ、アメリカの雑誌に違うタイトルで連載されたものです。ですから、賢人ぶった批評家たちが言うことに大いに笑ってしまいました、その本にはスタイルにおいても筋においても『赤毛のアン』の「人気と成功がこっそりと影響」していると言うんですから！

『ストーリー・ガール』は一九一〇年に書かれ、一九一一年に出版されました。それは私がなつかしい我が家で、あまりに多くの幸せな創造の時間を過ごした切妻窓のそばで書いた最後の本でした。『ストーリー・ガール』は私が書いた本の中でも一番好きな本で、書くのが一番楽しく、その登場人物や風景も私にとって一番本物に思えた本でした。本の中の子どもたちはみんな純粋に架空の人物です。古い「キング果樹園」はキャベンディッシュの我が家の果樹園とパーク・コーナーの果樹園が合わさったものでした。「ペッグ・ボウエン」は何年も島を自由にうろつきまわっていて、私の子ども時代の恐怖の的だった精神薄弱のジプシーのような人[14]からヒントを得ました。私たち子どもはいつもいい子にしていないとペッグが捕まえに来ると脅かされていました。その脅しは私たちをいい子にはしてはくれず、ただ不愉快にさせただけでした。

哀れなペッグは、からかわれたり嫌がらせをされたりしなければ、実際まったく悪いことはしませんでした。もしそういうことをされたならば、彼女は悪意を持って復讐をしたことでしょう。冬の間彼女は森の中の小さな小屋に住んでいましたが、春が来るやいなや、彼女にとって雪溶け道の誘惑は押さえがたく、放浪の旅を始め、また冬になって雪が降るころまで続けるのです。彼女のことは島中のほとんどの人が知っていました。彼女は帽子もかぶらず、裸足で出かけ、パイプを吸い、いろいろな場所での途方もない冒険譚を話すのでした。時たま彼女は教会に来ることもあり、通路を無頓着に大またに歩いて目立つ席に座るのでした。彼女はそんなときにも決して帽子も靴も身につけていませんでした。でも、彼女が特に目立ちたいときは、顔や腕や足に小麦粉をはたくのでした！

すでにお話したとおり、[15] ナンシー・シャーマンとベティー・シャーマンの話[16]は事実に基づいています。ファニー号の船長の話[17]もそっくりそのまま本当の話です。そのヒロインは今も存命で、あるいは二、三年前には存命で、船長の心を勝ち取った美しさを今なお保っています。「レイチエル・ウォードの青いチエスト」[18]はもうひとつの「あまりに真実の話」です。レイチエル・ウォードはイライザ・モンゴメリ、私の父のいとこで、二、三年前にトロントで亡くなりました。青いチェストは一八四九年から彼女が死ぬまでパーク・コーナーのジョン・キャンベル叔父さんの家の台所にありました。[19] その話を何回も聞いた私たち子どもたちは、そこに座って勉強したり、夜食を食べたりしながら、その中身を想像し空想にふけったものでした。

9 新婚旅行 —— スコットランドへ

一九一一年の冬、祖母マクニールが八十七歳で亡くなり、古い家は取り壊されました。私は七月までパーク・コーナーで過ごし、七月五日に結婚しました。[1] 二日後、夫[2]と私はメガンティック号に乗り、モントリオールから英国の島をめぐる旅へと船出しました。それはもうひとつの「夢の実現」でした、私は自分の祖先の国を訪れたいとずっと願ってきたのです。私の旅の日記のいくつかは興味を引くものだと思います。

一九一一年[3]七月二十日　グラスゴー[4]

木曜の午後、私たちはオーバン、[5] スタッファ、[6] アイオナ[7]への周遊旅行に出かけた。私たちはオーバンまで汽車で行ったが、その景色はとても美しく、特にオー湖[8]のあたりにはお城の廃墟があって格別だった。美しかった、本当に！　でも、故郷キャベンディッシュで夕べに「古い教会の丘」に立って、ニューロンドン港を遠く見下ろすといつでも見られる美しい景色に勝るものは、そこにもイングランドやスコットランドのどこにもなかった。
でも――キャベンディッシュにはお城の廃墟もなければ、それらが物語る何世紀にもわたるロマンスもないというのに！

オーバンは絵の様に美しい小さな町で、陸地に囲まれた港の海岸沿いに家々が建ち並び、その後ろに木々で覆われた山が険しく聳《そび》え立っている。翌朝、私たちは船でアイオナに向かった。それは典型的なスコットランドらしい一日で、一時間ほど快晴だと思っていると、次の一時間はにわか雨や霧になった。二、三時間、私はその船旅を大いに楽しんだ。岬や湾や島や荒涼とした山などの荒々しい険しい景色――もちろんこれらすべてのあちこちに朽ち果てて、つたの絡まる城が見られたが――その景色は過去の影で満たされ、興味の尽きない絶えず変わるパノラマだった。

その時にも私たちと同じ船にクック社《ㇱ》のフランス人観光客の一団が乗っていた。彼らは絶え間なくぺちゃくちゃ喋っていた。特に一人、愛想の良い、日に焼けた顔をして、黒い瞳がキラキラした、感じのいい老人がいたのだが、その人が一団の案内役のようだった。フランス人たちはしきりにあれこれ言い合っていたが、その言い合いが激しさの度合いを増して頂点まで行くと、彼がさっと立ち上がり、一団に面と向かうと、腕や傘やガイドブックを空中で豪快に振り、とびきり権威のある口調と物腰でピシャッと黙らせるのだった。

お昼近くになると、私はあらゆるものに興味を失い始めていた。お城の廃墟も聳え立つ山も、白い急流も幽霊もフランス人観光客も魅力を失った。天候が荒れていてスタッファに泊まることができないかもしれないと聞いていたから、午前中ずっと気がかりだった。私はフィンガル洞窟[10]をどうしても見たいと思っていたのだ。でも今は、フィンガル洞窟も、いやこの世のどんなものでも、どうでもよかった。生まれて初めて私はひどい船酔いに襲われたのだ。

蒸気船は、それでも、スタッファにちゃんと泊まり、二艘のボートが岸へ向かった。私は両方見送った。まったくどうでもよかった。私は波にひるむこともなかっただろう、土砂降りの雨に愕然とすることもなかっただろう、でもこの船酔い！

けれども、蒸気船は今は揺れることもなく、私は気分がよくなり始めた。ボートが戻ってきて二番目の客を乗せにやってきた頃には、私はすっかり回復し、フィンガル洞窟を見るのはやはりとても重要なことのように思えてきた。私は喜んでボートに乗り込み、他の人たちと一緒に岸へと運んでもらい、クラムシェル洞窟[11]へ向かった。そこから私たちは這って行かねばならず、それは果てしなく長い距離に思えた——が、実際にはせいぜい四分の一マイルだったと思う——その海岸を取り巻く、濡れて滑りやすい玄武岩の柱を這い登り、一番の難所では崖に沿って張られたロープを頼って登った。子どもの頃にキャベンディッシュの海岸の岩を何回も這って登ったことがあったおかげで、私はとても上手に登ることができ、気難しいガイドからもほめ言葉を頂戴することができた。でも、観光客の中にはひどく滑った人たちもいた。先ほどの老いたフランス人の叫び声と大の字になったぶざまな姿を私は決して忘れないだろう。

もっとも、脱落した人は誰もいなくて、とうとう私たちはフィンガル洞窟に到着し、大変な努力が報われたように感じた。

それは巨大なゴシック様式の大聖堂のように、とてもすばらしく荘厳な場所だった。それが単に自然の気まぐれによって形成されたとは信じられない。そこにいた人たちはみんな畏敬の念を抱いていたと思う。あの抑えのきかないフランス人観光客たちでさえ、しばしの間黙っていた。そこに立って、深い厳かな波の音を聞いていると、「神は永遠の館に住む[12]」という聖書の一節が記憶の中から浮かんできた。そして、人間の手で作られたものではない、万能の神のいますところに今まさに自分が立っているかのように感じられた。

私たちは続いてアイオナ島へ行って上陸し、大急ぎで岩場の探検をした。アイオナは聖コルンバ[13]の布教の場として興味深い場所である。彼が建てた古《いにしえ》の聖堂は今もなおそこにある。私がそれよりも大いに興味をそそられたのは初期のスコットランド王たちの埋葬場所で、およそ六十人と言われる王たちの最期はマクベス[14]に殺されたあのダンカン[15]だった。実に簡素に埋葬されていたのは、古の時代のあの武人達だったのだ。彼らは灰色の空の下、自分たちの島の墓地に横たわる。そこには彼らが眠る場所を示す「飾りたてた骨つぼも生けるがごとき胸像[16]」もない。それぞれの墓は、施された彫刻も擦り減ってしまった一枚の石の板で覆われているだけだ。しかし、王たちはそれでもなお、彼らを取り巻く波の永遠のささやきを子守り歌としながら安らかに眠っている。

私はアイオナで数日間一人で幽霊に取り付かれた廃墟を歩き回ったり、その風変わりな住人と知り合いになったりして過ごしたかった。しゃべったり感嘆の声を上げたりする観光客の一団の中でこのような場所を急いでまわるのでは楽しみもあったものではない。少なくとも私にとって、このような場所を本当に楽しむためには孤独が必要だ。私が夢見たり、物思いにふけったり、そしてかつてそこに住みその場所を有名にした人間たちを生き返らせたりするためには、私一人か、さもなければ「腹心の友」[17]の二、三人とだけでなくてはならないのだ。

私たちは昨日、船でグラスゴーに戻り、その景色を堪能した。私はホテルに着いた時はとても疲れていた。でも、その疲れは故郷からの手紙を見つけたときにすっかり消えた。外国の地でもらう故郷からの手紙のなんとうれしいことか！　その手紙は大西洋という大きな隔たりを埋め、キャベンディッシュの丘やパーク・コーナーのカエデの森の緑色の物陰が見えた気がした。ああ！　祖先の国は美しいが、なんといっても故郷が一番だ。

一九一二年七月三十日　エディンバラ[18]、プリンス・ストリート、ロイヤルホテルにて

月曜日、クック社のガイドとともにエア[19]へ行った。たいてい私たちはクックの一団の中に入るのが嫌で、行ける所にはどこへでも二人だけで行く。でも、この日の小旅行は心地良かった、なぜなら私たちの他には二人しかいなくて、しかもその人たちは

カナダ人、オンタリオから来たTさん夫妻だった。それにガイドもとてもよかった。それでもその日の楽しみを減じたものが二つあり、ひとつはほとんどの時間土砂降りだったこと、もうひとつは顔面神経痛が時々痛んだことだった。でも、この両方の障害にもかかわらず、「足を踏み入れた所はどこでも亡霊の住む聖なる土地だった[20]」ので、私は大いに楽しんだ。私たちはその部屋を見た──それは天井の低い、質素な小さな部屋、そこでかつて小作農の息子だったバーンズが「神聖な権利によって王族にもふさわしく生まれた[21]」のだ。それから私たちは「シャンタのタム[22]」の冒険によって永遠に名を残すことになった古のアロウェイ教会[23]の廃墟をじっくり見学した。

その後私たちは、それが単に「観光」リストの中に入っていて、ガイドが義務を果たさねばならないがために、バーンズの記念館へ行った。私は記念館にはまったく何の興味もない。ひどく退屈だった。でも、その記念館で私の興味を引いたものが二つあって、それはハイランド・メアリー[24]の美しい髪の毛の一房と、彼女とバーンズが別れの場でその上に手を置いて誓約を交わした聖書だった。哀れな美しきハイランド・メアリー！　私は彼女があどけない田舎娘でしかなく、悲しまれなくはないにせよ少なくとも誉れも与えられず歌われもせずに生きて死んでいった他の何千人の乙女より美しくもきれいでもなかったと思う。でも、偉大な天才は彼女に彼の愛という栄光を与え、ああ、なんと！　彼女は不滅のもののひとりとなり、彼女を愛した男のために永久に記憶されるロマンスの佳人のひとりとなったのだ。彼女はラウラ、ベアトリーチェ、ステラ、ルカスタ、ジュリア、そしてアルヴェールのソネットに登場する無名の女性[25]の仲間となったのである。

水曜日、私たちはトロサクス[26]へ行った。これは私が学生時代に「湖の乙女[27]」を読んで以来ずっと生涯の楽しみにしていた旅のひとつだ。学校であの古い机に向かいながら、丘や湖や小道の景色をパノラマのように夢想していたその場所には、エレンが住み、フィッツジェイムズがさまよい、ロドリック・ドゥー[28]がスコットランド高地の丘の上にかかる雷雲のようにじっと考え込んでいた。そして、お金持ちになったら、絶対そこを見に行くと自分自身に誓ったのだった。

私たちは船でローモンド湖[29]を渡ってインヴァスネイド[30]に行き、そこから大型四輪馬車に乗って五マイルほどのカトリーン湖[31]へ向かった。これまでに経験したすべての移動手段の中で、私は馬車が一番好きだ。自動車など完全に「形無し」である。私たちはまもなくストロナッホラッファ[32]に着いたが、そこはそのひどい名前にもかかわらずとても美しい場所で、そこから私たちは船でカトリーン湖を下ってトロサクス埠頭[33]まで行った。

カトリーン湖にがっかりしたかどうかは自分でもよく分からない。ちょっとだけがっかりしたと思う。それは私が夢見ていたとおり美しかったが、私のカトリーン湖ではなく、私の空想[34]のカトリーン湖とは違っていた。そして私はその違いが腹立たしかったが、それは久しぶりに子どもの頃の家に帰ったら、その家が変わってしまっていて腹立たしく思うのと同じだ。

その湖の岸辺はその詩から私が思い描いていたよりもずっと狭かった。そしてあの有名な「銀色の浜」も今では貧弱なものだ。グラスゴーに上水道が設置されて以来、湖は数フィート水位が上がり、「雪のように白い小石の浜」を覆ってしまっていた。私はおみやげとしてその石を一握り家に持って帰った。でも、私は私が夢見たカトリーン湖を私の「湖の乙女」の中にとっておこうと思う。本物よりもそっちの方が好きだ。

私たちは馬車でトロサクス峡谷を通ってトロサクスホテルへ向かった。トロサクスは美しく雄大で、たぶん馬車路が作られる前は未開の地で、特に「ハイランドの山賊」を怖がる十分な理由をもつ、行き暮れた放浪者にとってはそういうところだっただろう。でも、そこは私が空想していたような、荒々しく引き裂かれた、急勾配の谷とは程遠い。ほんとに、そこは私が夢の中でしばしばフィッツジェイムズと一緒にさまよい歩いたトロサクスではなかった。

ホテルはアフレイ湖[35]の岸辺のすてきな場所にある。

異国の地のどこで見つけられるだろう
このように寂しい湖、このように美しい浜を。[36]

でも、アフレイ湖もまた、私が期待していたよりもスケールが小さかった。その夜、私たちは道々、ベルヒース[37]やブルーベル[38]を摘みながら、「ブリッグ・オウターク」[39]まで歩いて行った。スコットランドのブルーベルは本当に一番愛らしい！　まさに古き良きスコットランド[40]のロマンスの化身に思える。

次の日の朝、私たちは降りしきる雨の中トロサクスを通り抜けてカトリーン湖まで歩き、船頭を一人雇って「エレンの島」[41]まで行ってそのあたりを回ってもらった。そこもまた私の夢の小島ではなかったので気に入らなかったが、がっかりするのはばかげたことだということも自覚していた。

でも、ベン・ヴェニュー[42]は私をがっかりさせることはなかった。それは風景の中でひときわ素晴らしかった。私たちが行く所どこにでも、ベン・ヴェニューがあり、その「白髪の頂上」に雲のリースを飾って、岩だらけの巨大な姿を見せていた。私たちがそこにいた夜、雨だったのがすごく残念。ベン・ヴェニューの夕焼けを見ることができたならどんなによかったことか。

一九一二年八月六日

この前の月曜日の午前中、私たちは汽車でメルローズ[43]まで行き、そこから馬車で六マイル、それは美しい道を通ってアボッツフォード[44]まで行った。私たちはふたりだけでそこに行ったのだが、クックの一団と合流せざるを得なくなって、そのために私たちの一日は少々興ざめとなった。でも、車窓からの景色は最高で、魔女の呪文で三つに裂けたというイールドンの丘[45]も見えた。アボッツフォード館はとても興味深く、遺物がたくさんあって、孤独の中で夢想することができたなら良かったのにと思った。でも、そうすることはできないだろう。部屋はぺちゃくちゃ喋る大勢の人でいっぱいになり、立て板に水のガイドが長々と熱弁を振るった。スコットはこんな風に好奇心でいっぱいの観光客の大群が自分の家の中をうろつきまわるようになるなんて考えたかったかしら。
私たちはアボッツフォードからスコットが埋葬されているドライボロ[46]に向かった。私たちは「クック団」から逃れることができたので、ここでは二重にその壮大な廃墟を楽しむことができた。それから私たちはメルローズに戻り、そこにある修道院[47]の廃墟を見学した。スコットのアドヴァイスに従って月光のもとでそれを見るということはできなかった。言われているように、スコット自身そういう経験がなかったとは思えない。でも、その柔らかな金色がかった灰色の夕方の光のもとでも、それは充分美しく、小さなブルーベルがその朽ちた庭や古いお墓の上に生えていて、美しく悲しかった。マイケル・スコット[48]がそこに埋葬されていると言われ、またそこにはロバート・ブルース[49]の心臓も埋葬され、確かに、彼の望みどおり聖地[50]の土に埋葬されたがごとく安らかに眠っている。

メルローズにはまた、すばらしい手の彫刻が今なお残されていて、その小さな手は一つのアーチの上の方に何かを暗示するように美しく刻まれている。どんな美人の手がそこで永遠の石に刻まれたのだろうか。それは恋人によって作られたとしか考えられない。水曜日に私たちはインヴァネス[51]に向かって出発したが、途中でバリーの小説で「スラムズ」[52]として登場するキリミュアに立ち寄った。特に私はセンチメンタル・

53 トミーとその仲間たちが陽気にどんちゃん騒ぎをした「隠れ家」を見たかったのだ。それはすてきな場所だった。そこで私をくつろがせてくれたのはバリーが「ピンク」と呼んでいる小道で、まさに私たちの島の道の赤い色をしていた。私は森の「恋人たちの小路」をぶらぶらしているように思えたのだった。

10 イングランド、そして帰国

スコットランドでこれまでに訪れた場所の中で、一番気に入ったのはインヴァネスでした。それ自体は単に小さな灰色の町に過ぎないのですが、周りの景色がすばらしいのです。私たちは到着した夕方にカロデン[1]まで行きましたが、それはこの上なく楽しいドライブで、私の記憶の中でいつもひときわ印象的なものになるでしょう。その道のりはことのほかすばらしく、幸運なことに私たちを案内してくれた運転手は、あらゆるものの歴史や伝説に詳しい親切な老人で、愛嬌のある強いスコットランド訛りで喜んで話してくれました。

次の日、私たちはインヴァネスの有名な墓地タムナフリッホ[2]を訪れました。そこはその名声に違わず、世界一美しい墓地に違いないと思います。それは郊外にある大きな丘で、完璧な円錐形に盛り上がり、木々で深く覆われています。その名前はゲール語で「妖精の丘」という意味ですが、本当にかつては妖精の王国やタイターニア[3]の酒宴にふさわしい場所だったに違いありません。夕方、陽が沈む空を背景にそこを眺めると、まさに「古代のロマンスの国」の前哨地のように見えました。

私たちはカレドニア運河[4]を通ってフォート・ウィリアム[5]へ戻り、そこから列車に乗りました。途中の山々にかかる夕日はすばらしいものでした。しばらくの間、山の近くに住むことになれば、私は海を愛するのとほとんど同じくらい山を愛せるようになるでしょう。

一九一二年八月十三日

この前の月曜日、私達はロズリン・チャペル[6]を訪れた、昔の姿そのままの見事な典型的ゴシック建築だ。これはスコットのバラッド「美しきロザベル」に歌われている礼拝堂である。

すべて燃えるがごとき、あの誇り高き礼拝堂
そこに横たわるは棺に納められもせぬロズリンの長。[7]

水曜日、エディンバラを発ち、友人を訪ねるためにアロウア[8]に行った。木曜日はダラー峡谷[9]を「経験した」。アロウアのM氏[10]が教えてくれるまで、私はこの場所のことは聞いたこともなかったが、そこはスコットランドで私たちが見てきた中で一番荒々しくて雄大な場所のひとつだった。もしスコットがこの場所をちょっとでも訪れてい

たなら、彼の天賦の才によってトロサクスと同じくらい広く知られていたことだろう。本当に、そこは私が想像していたトロサクスそのものだ。ダラー峡谷は山を真っ二つに裂いたような深い渓谷だった。

金曜日に訪れたスターリング[11]とクレイグ修道院[12]はロマンスが染み込んだ場所だった。そして昨日、私たちはマーミオン[13]の地で一週間過ごすためベリック[14]にやってきた。M氏とA嬢[15]も一緒に来た。ベリックはとても古風な趣のある昔ながらの古い町である。私たちはスピタル[16]側に滞在するので、どこに行くにも河口[17]を渡らなくてはならず、船を出してくれるこれまた古風な六人の老船頭の一人に頼まないといけない。昨夜私たちはみんなで月光に照らされたスピタルの川岸に沿って散歩をした。そこはとても美しかったが、キャベンディッシュの海岸にそっくりだったので、私はすっかりホームシックになってしまった。

一九一二年八月二十日　カーライル[18]

先週一週間イギリスを麻痺させていた大規模な鉄道ストライキのため、昨夜私たちはいっこうに先へ進めず、やむを得ずカーライルでこの日曜日を過ごしている。ベリックではストライキに巻き込まれることもなかったし、気にも留めていなかった。私たちは外の世界とはまったく無関係に、ロマンスの領域に暮らしていて、そこではフェリーボートや自分の足だけが望める移動手段だったのだ。

先週の月曜日にはホーリー島[19]へ行き、『マーミオン』[20]のコンスタンス・ドゥ・ベヴァリー[21]の死んだ場所である古い修道院の廃墟を探索した。ホーリー島への往きの船旅は楽しいものだったが、帰りは悲しいことにそうはいかなかった。海は荒れて、あのあわれな小さな蒸気船が前後左右にどんなに揺れたことか！　私達の連れの紳士たちは二人ともすっかりやられて、少しの間舞台を退いてしまい、一方A嬢と私はものすごい意志の力だけで戦いぬき、降参することはなかったのだが、思うに、そんなに頑張らずにただなりゆきに任せていたならば、その方がもっと楽だっただろう！

幸い、船酔いはそれほどひどいものではなく、次の日には私たち皆、廃墟の中の廃墟であるノーラム城[22]へ行く余裕ができていた。

キャベンディッシュでは実家の前の果樹園でしか見ることができない小さな青い花が、いたるところに咲いていた。その花は曾祖母のウルナーがイングランドから持ってきたものだったのだ。まったく違う時間と違う秩序に属するように思える古いスコットランドの城の廃墟にその花が育っているのを見つけて、私は痛みと喜びが入り混じった奇妙な感覚を覚えた。私たちはノーラムからレディーカーク[23]まで歩き、トゥイード川[24]の近くに戻ってきた。私たちは疲れてきたので、その土手に腰を下ろし、それぞれの夢の上をただよった。薄明かりのトゥイード川の川岸ほど夢を見るのにふさわしい場所が他にあるだろうか？

次の日、私たちはフロドゥンの戦場[25]へ行った。そこで私ががっかりしたのは筋違いではあるけれど、そこは収穫の色に染まった、あまりに平和な農耕地となっていた。目の前で中世の戦いが繰り広げられるのを期待する権利があったのに、その権利を奪われてしまったかのような気分だった。

木曜日の午後、私たちはホームクリフ峡谷[26]とそこにある寂れた古い粉ひき場への楽しい小旅行をした。そこは怪談の場面に打ってつけかもしれない。その小さな渓谷の真ん中で、私たちは本当に樹脂でいっぱいのエゾマツの木立に出くわしたが、故郷を離れてから見たのは初めてだった。松脂とそれを採る楽しみはスコットランドではまったく知られていないようだ。私たちは三十分間松脂採りをした。私と夫にとっては松脂は美味しかったが、M氏もA嬢も「苦い」と言い張り、その風味は口に合わなかったようだ。

一九一二年八月二十七日　イングランド、ヨーク[27]

この前の月曜日、私たちはケズィック[28]へ行き、そこに木曜日まで滞在した。湖水地方[29]の美しさは誇張してもしすぎることはない。

気高い心はその願いを抑え、
生涯ここに喜んで住まう。[30]

そして、その美しさは英文学の多くの傑作の中に織り込まれている。まさにワーズワースの魂があの魅力的な谷、あの荒涼とした路、そしてあの妖精のような湖に宿っているように見える。

月曜の午後、私たちはダーウェントウォーター湖[31]をめぐるバスの旅をした。すべてが美しかった。面白かった景色はキャッスル・ロック〔岩の城[32]〕で、それはスコットの「トゥリアメインの花嫁[33]」の中の聖ヨハネの魔法の城として登場しているものである。その岩がお城のように見える場所がたった一つある——それはとても胸を打つものだと言われている――のだが、私たちは運悪く、その場所から見ることはできなかった。

火曜日はバターミア湖[34]へ行った。水曜日には、ウィンダミア湖[35]の周り八十マイルをドライブした。山頂の大きな岩のいくつかはとても変わった形をしていた。そのひとつは「オルガンを弾く淑女」と名付けられている。その岩は雄大な山のまさに頂上にあって、本当にある角度から見ると、大きなオルガンの前に座っている女性そっくりに見える。どういうわけか、私はその岩に想像力を駆り立てられ、果てしない空想を繰り広げてしまった。巨大な楽器の前に永遠に座りながら演奏をするのは誰だったのだろう？　天からの風が辺りに吹き渡り、山の嵐が雷鳴をとどろかせ、偉大な星々が耳を傾けた時、彼女はそのオルガンでどんなすばらしいメロディーを奏でたのだろう？

その日の夕方、私たちは丘の頂上にある大きな石の円陣「ドゥルイド・サークル[36]」へ歩いて行った。それは古代の太陽を祀る神殿だったらしい。

私がこれまでに見てきたものの何一つこれほど鮮烈な印象を私に与えたものはなかった。立地条件が最高なのである。その丘は、湖水地方の中でも最も有名な山々、特にヘルヴェリン[37]とスキドー[38]に周りをぐるりと囲まれ、それによって生み出される威厳のある印象は圧倒的である。確実に古代の太陽崇拝者たちは、ふさわしい場所の選び方を知っていた。日の暮れる頃、悠久の山々の群れに囲まれた、今は滅びた宗教の神殿に立ち、そこで執り行われていたに違いない、おそらくは暗く血なまぐさい儀式を思い描くことは、決して忘れられない経験だった。

金曜日に私たちはヨークにやってきたが、一番の目的は壮大な大聖堂[39]を見ることだった。それはまさに壮大なものとしてそこに存在し、漂う夢のような美しさが石の中で永遠に生きているのだった。

昨日の午後、私は一対の陶器の犬の持ち主となり、幸せでいっぱいになった！

私はイングランドでもスコットランドでもずっと陶器の犬を捜し求めていた。私が幼い頃、祖父のモンゴメリの家に遊びに行った時に私の心をとりこにしたものは、いつも居間の暖炉の上に座っていた一対の陶器の犬[40]だった。その犬は白かったが、体中に緑色の斑点があって、父は私にこう言っていた、犬達は時計が夜中の十二時を打つのを聞くと必ず、暖炉の前のじゅうたんの上に飛び降りて吠えるんだと。それで、いつか夜十二時まで起きていて犬たちが本当にそうするかどうか見てみたいというのが私の心からの願いだったのだが、これが却下された時、私は大人の心は本当に無情だと思ったのだった。結局、私はどんな風にだったかは忘れたが、犬たちはそんなことはしないということに気付いた。私はひどくがっかりしたが、父が私に嘘を言ったという事実のほうがさらにもっと悲しいことだった。でも、父は犬たちは時計が時を告げるのを聞いた時に飛び降りると言っただけだと教えてくれて、私の信頼を回復させた。もちろん陶器の犬は聞くことはできないのだから。

私はいつも似たような一対の犬をたまらなく手に入れたいと思っていた。あの犬たちはロンドンで購入されたものなので、私はここに来た時に似たようなものを見つけたいと願っていた。それで私は行く先々で骨董店に足を運んでいたが、昨日まで見つけることはできなかった。確かに犬はたくさん売っていたが、私の求める犬ではなかった。黒い斑点の犬や赤い斑点の犬はあり余るほどだったが、緑色の斑点を持つ貴族的な犬はどこにもいなかった。

そうしたところ、昨日大聖堂の近くの小さな骨董店で、可愛い一対の犬を見つけ、その場で飛びついてしまった。実はその犬たちには緑の斑点はなかった。緑の斑点のある犬種は絶滅してしまったらしい。でも、私の犬たちには美しい金色の斑点があり、パーク・コーナーの老犬たちよりずっと大きい。老犬たちは百歳を超えているが、彼らがふさわしい威厳と落ち着きをもって私のラレースとペナーテース[41]を監督してくれたらいいなあと思っている。

一九一二年九月十八日　ロンドン、ラッセルホテル

この二週間の中にあまりに多くのものが詰め込まれたので、精神的に食べ過ぎのような感覚に陥っている。でも、時間が限られているのに見るべきものは無限にある場合、悩んだ旅行者はどうすべきなのだろう？　大英博物館[42]、ロンドン塔[43]、ウェストミンスター大寺院[44]、クリスタル・パレス[45]、ケニルワース城[46]、シェイクスピアの生地[47]、ハンプトン・コート宮殿[48]、ソールズベリー[49]とストーンヘンジ[50]、ウィンザー城[51]に公園や庭園がたくさん！

私たちが泊まっているホテルは『虚栄の市[52]』の多くの登場人物たちがたむろしていたラッセル・スクウェア[53]にある。アミーリアがジョージを探して窓からじっと外を見ている姿や、ことによるとベッキーがジョズ[54]を待ち構えている姿などが見られるのではないかと期待してしまう。

ケニルワース城での私たちの午後は最高だった。もちろん私たちはうるさいガイドに悩まされなければならなかったが、私はうまくかわすことができ、一人でロマンス

という脇道を歩き回った。私は野心を抱くレスター伯[55]が気高いエリザベスを歓待した全盛期のケニルワース城を見た。かわいそうなエイミー・ロブサート[56]が、そこで女主人として君臨するはずの広間へこそこそと忍び込むところを心に思い描いた。彼らは過去から戻ってどっと集まってきた、あの古の陽気な人物たちが、昔のように生き、愛し、憎み、たくらみながら。

先週の木曜日、私たちはその墓地にオリヴァー・ゴールドスミス[57]が埋葬されているテンプル教会[58]を見に行った。その教会は青葉の茂る広場に立つ風変わりな所で、そのすぐ外にはフリート街がうなりをあげているというのに、その広場はキャベンディッシュの道路と同じくらい穏やかで静かだった。でも、その広場を思い出す時、私の心に浮かぶのは風変わりな古い教会やかわいそうなノール〔オリヴァー〕の墓ではない。そうではなく、それは気品のある、とっても魅力的な紳士のような猫のことだろう。その猫は、ひとつの家から出てくると広場を横切って私たちに会いにやってきたのだ。体も大きく、ハンサムで威厳があり、誰でも一目で彼がヴィア・ドゥ・ヴィア[59]つまり貴族の身分に属しているとわかるだろう。私がなでてやると、とても甘い声でのどを鳴らし、まるで昔からの知り合いのように、もしかしたら私たちは何かの化身であるかのように、私のブーツに体をこすりつけてきた。十中八九、普通の猫ならばオリヴァーの墓まで私たちにしつこくくっついてきて、たぶん追い払うのが困難だったことだろう。ところが、このカラバ侯爵[60]はそうではなかった。彼は落ち着いて座り、私たちがむこうに行って、お墓を見て、彼が座っているところに戻ってくるまで、じっと待っていた。やがて彼は立ち上がり、私たちがさよならのしるしになでてやると、尻尾を愛想よく振って、出てきた戸口へ堂々と歩いて戻っていった。申し分のない態度で自分の領地の主人役を務め終えたのだ。まさしく彼はこの世界に猫の地位が安泰だということを示したのである！

今度の木曜日、私たちはアドリアティック号に乗って家路に就く。観光でおなかがいっぱいなので、私はとてもうれしい。今はカナダに帰って、散り散りになった我が家の神々[61]を私のまわりに集め、新たな献身の生活へと向かいたい。

私の夫はオンタリオ州の教会の牧師なので、私もオンタリオ州に引っ越すためにプリンス・エドワード島を去らねばなりませんでした。結婚してから私は四冊の本を出版しました。『アンの友達』『黄金の道――ストーリー・ガールII』『アンの愛情』、そして詩集の『夜警』です。「アルプスの道」は長年の苦労と努力の末、踏破されました。それは簡単な登攀《とうはん》ではありませんでした。でも、その奮闘の最もつらい時においてさえ、頂上にあこがれる者たちだけが知ることのできる喜びと妙味がありました。

天の声が導くところへ
従いゆくのを恐れる者は
決して不滅の冠を得ず[62]

本当にそうです、まさにこれぞ真実です！　私たちは自分の「天の声」に従わなくてはいけません、つらい苦労や落胆や暗闇を通り抜けて、その声に従い、疑念や不信を乗り越えて、屈辱の谷を通り、甘美なものが私たちを探求の路からおびき出す快楽の丘を越えて、常にいつも私たちはそれに従わなければなりません。そうしてこそ私たちは「はるかな聖なる出来事[63]」に到達し、そこから私たちの「実現の都」にそそり立つ尖塔を見渡すことができるのです。

惹かれている。アミーリアはレベッカの学友。ジョージはアミーリアの幼馴染みで許婚だが、ベッキーと浮気をしている。

55 初代レスター伯ロバート・ダドリーRobert Dudley 1st Earl of Leicester(1533-1588)。イングランドの貴族でジョン・ダドリーの五男。祖父はヘンリー7世に仕えてヘンリー8世に処刑されたエドマンド・ダドリー。「反逆者3代目」の異名をとり、エリザベス1世の寵臣として知られる。

56 ロバート・ダドリーの妻。

57 Oliver Goldsmith(1730-1774)。アイルランドの詩人・作家。主な作に*Vicar of Wakefiled*(1766)。

58 Temple Church。ロンドンのフリート通りとテムズ川の間にある12世紀後半の教会。もともとテンプル騎士団がイングランド本部として建てた。現在は2つの法学院(Inner TempleとMiddle Temple)が使用している。彫像による墓と円形教会で有名。

59 Vere de Vere=Lady Clara de Vere de Vere。テニスンの*The Lady of Shalott and Other Poems*(1842)の中の詩で、貴族の婦人を描いたもの。

60 Marquis of Carabas。『長靴を履いた猫』*Puss in Boots*のカラバ公爵。

61 ロンドンで買った一対の陶器の犬のことを指している。『アンの愛情』に登場する一対の陶器の犬も、第10章で「双生児の守護神のように思われる」と描写されている。

62 原文はHe ne'er is crowned/With immortality, who fears to follow/Where airy voices lead。ジョン・キーツ『エンディミオン』*Endymion* Book Ⅱより。
キーツ(1795-1821)はイギリス、ロマン派の詩人。*Endymion*は4巻4000行に及ぶ寓意叙事詩。

63 原文はfar-off divine event。テニスンの詩*In Memoriam A.H.H.*または*In Memoriam*(1849)から。Epilogue中最後のスタンザにある表現。*In Memoriam*は133巻からなる詩。

堂。北ヨーロッパではケルン大聖堂に並ぶ最大級の聖堂建築物。

40 モンゴメリはこの一対の陶器の犬を「ゴク」「マゴク」と名付けた。ともに聖書、黙示文学に登場する名で、旧約のエゼキエル書では「ゴク」はメセクとトバルの総首長で、「マゴク」(地名)から出陣して主なる神に敵対するがやがて滅ぼされる。新約ではどちらも終わりの時にサタンの手下として戦う諸国民の名。モンゴメリがなぜ陶器の犬にこのような名前をつけたのかは不明。この犬たちをモデルにした一対の陶器の犬が『アンの愛情』に登場している。

41 Lares and Penates。慈悲深い家庭守護の神々、または大切な家財や家宝、家庭の意味で使われる。ラレースは、ローマ神話で、門(家庭)の守護神。家庭で祭壇を置いて祀られた。ペナーテースは、家庭や社会の守護神。本来は貯蔵室の神でもある。ロンドンで買った一対の陶器の犬を指す。

42 ロンドンにある、世界最大の博物館の1つで、約800万点が所蔵されている。

43 the Tower=the Tower of London。ロンドン塔、テムズ川北岸にある城塞。ウィリアム征服王が本格的に造営したのが始まり。元来は王宮であったが、後に牢獄となり、現在は歴史博物館。

44 Westminster Abbey。ロンドンにあるゴシック風の教会。国王(女王)の戴冠式が行われ、国王、女王、名士の墓がある。

45 Crystal Palace。1851年のバンコク博覧会用にロンドンのハイド・パークに建てられたプレハブ式鉄骨ガラス張りの建物。1854年近郊のSydenhamに移されたが、1936年の火災で焼失。

46 Kenilworth Castle。イングランド、ウォリックシアー州中部の町ケニルワースにあるウォルター・スコットの『ケニルワース城』(1821)の舞台の城跡。

47 Shakespeare Land=Stratford-upon-Avon。イングランド、ウォリックシャー州南西部エイヴォン川に望む町。シェイクスピアの生地および埋葬地。

48 Hampton Court。ロンドン南西部テムズ川の上流に位置する宮殿。1515年頃枢機卿トマス・ウルジーThomas Wolseyの私邸として建造後、ヘンリー8世の王宮となった。Hampton Court Palaceとも言う。

49 Salisbury。イングランド、ウィルトシャー州南部の都市で州都。13世紀半ばに建立された有名な大聖堂がある。公式名New Sarum。

50 Stonehenge。ソールズベリー平原にある紀元前1700-1200年頃の祭祀遺跡で、巨大な環状列石からなる。

51 Windsor Castle。イングランド、バークシャー州東部にある英国最大・最古の城。1070年ウィリアム征服王が建てた。現在の城はジョージ4世の改築による。

52 サッカレーの小説『虚栄の市』*Vanity Fair*(1847-48)。サッカレーWilliam Makepeace Thackeray(1811-1863)はディケンズと並びヴィクトリア朝を代表する小説家。上流階級を痛烈に批判した『虚栄の市』で名を上げる。

53 Russel Square。イギリスのロンドン市中心部、カムデン区ブルームベリーにあるロンドンで2番目に大きなスクウェア(正方形の広場)。

54 ジョズは『虚栄の市』の登場人物で、アミーリアの兄ジョーゼフのこと。彼はベッキー(レベッカ・シャープ)に

16 Spittal。イングランド、ノーサンバーランドの北部にある小さな海岸避暑地。ベリック・アポン・トゥィードの近くに位置する。全長156km。

17 トゥィード川の河口。トゥィード川はイングランドとスコットランドの境界線からスコティッシュ・ボーダーズを流れる川。

18 Carlisle。イングランド北西部、カンブリア州北部の都市で州都。

19 Holy Island。リンディスファーン島のこと。イングランド、ノーサンバーランド州北東岸沖の島。635年、聖エイダンSt. Aidenが修道院を建設。

20 *Marmion*。1808年に出版されたスコットの叙事詩。ヘンリー8世の寵臣だったマーミオンが愛人の修道女とともに、クララ・ドゥ・クレアをめぐって策略を企てる。

21 Constance de Beverly。マーミオンの愛人だった修道女。

22 Norham Castle。イングランド、ノーサンバーランド州にある、一部朽ちた城。イングランドとスコットランドの境界に位置し、トゥィード川を臨む。

23 Ladykirk。スコッティッシュ・ボーダーズにある村。トゥィード川のすぐ北、ノラム城の反対側にある。

24 註22参照。

25 Flodden Field。イングランド、ノーサンバーランド州北部にある丘。1513年9月9日、ジェイムズ4世が率いたスコットランド侵入軍がイングランド軍に大敗を喫した地。

26 Homecliffe Glen。

27 York。イングランド、北ヨークシャー州中南部の都市。ウーズ川Ouseとフォス川Fossの合流地にあり、城壁で囲まれた町。

28 Keswick。イングランド、湖水地方の町。

29 Lake District。イングランド北西部カンブリア州南部とランカシャー州北西部にまたがる湖の多い山岳地方。国立公園(1951年指定)。特にワーズワースの詩で有名。

30 バイロンの詩*Childe Roland* 第3巻より。

31 Derwentwater。湖水地方の湖。周囲約5km。7つの島を持つ。

32 Castle Rock。湖水地方にあるWatson's Doddという丘のふもとにある険しい岩山で、Castle Rock of Triermainとしても知られる。

33 *Bridal of Triermain*。ウォルター・スコットの詩(1813)。

34 Buttermere Lake。カンブリア州の湖水地方にある湖。

35 Lake Windermere。湖水地方にあるイングランド最大の湖。面積約16km²。

36 Druid Circle。ウェールズにある先史時代のストーン・サークル。29個の石からなり、そのうち13個がまだ立っている。

37 Helvellyn。湖水地方にある、イングランドで3番目に高い山。海抜950m。

38 Skiddaw。ケジックのすぐ北にある、イングランドで4番目に高い山。931m。

39 ヨーク・ミンスターまたはヨーク大聖堂。正式名称はヨーク聖ペトロ首府主教座聖堂The Cathedral and Metropolitan Church of St. Peter in York。イギリス、ヨークにあるイングランド国教会の大聖

51 Inverness。スコットランド北部、ハイランド地方の都市で「ハイランズの首都」と呼ばれる。ネス川上流11kmに有名なネス湖がある。

52 Kirriemuir。スコットランド、アンガスにあるジェイムズ・バリーJames Barry(『ピーターパン』の作者)の生誕地。バリーは*Auld Licht Idylls, A Window in Thrums, The Little Minister*という小説で、この町をThrumsという名で描き、有名にした。

53 Sentimental Tommy。バリーの小説*Sentimental Tommy: The Story of His Boyhood*(1896)の登場人物。

第10章　イングランド、そして帰国

1 Culloden。インヴァネス東方8km、スコットランド、ハイランド地方にある村。

2 Tomnahurich。インヴァネス郊外にある、木で覆われた小さな丘が墓地になっている。

3 Titania。シェイクスピア『夏の夜の夢』に登場する妖精の女王。

4 Caledonian Canal。スコットランド北部にある運河で、大西洋から北東に延び北海に至る。長さ97km。

5 Fort William。スコットランド、ハイランドの町。インヴァネス市に次いで大きな町。

6 Roslin ChapelまたはRosslyn Chapel。正式にはthe Collegiate Chapel of St. Matthew(聖マタイ協同教会)。スコットランドMidlothianにあるロズリン渓谷の上の小さな丘に15世紀中頃ローマ・カトリックの協同教会として造られた。1560年のスコットランドの宗教改革の後、ローマ・カトリックの礼拝が終わりを告げ、1861年まで閉鎖されていたが、英国国教会派の典礼に従う礼拝の場所として再開された。

7 Sir Walter Scottの*Rosabelle*(*The Lay of the Last Minstrel* 第6巻所収、1805)より。

8 Alloa。スコットランドのスターリングの東7マイル、クラックマナンシャーClackmannanshireにある小さな町。burghと呼ばれる、勅許状により特権を与えられた都市で、1975年の地方行政の再組織までは、一定の政治的独立性を有していた。

9 Dollar Glen。クラックマナンシャーにある峡谷。頂上にCastle Campbellがある。

10 1903年からモンゴメリと文通をしていたスコットランドのジャーナリスト、ジョージ・ボイド・マクミランGeorge Boyd MacMillan。この時、婚約者と一緒だったが、彼は道中ずっとモンゴメリと一緒に歩きながら話をしていて、婚約者の方は話の面白くないユーアンと歩かねばならなかった。その後、結局2人は別れ、マクミランは生涯独身を通し、モンゴメリとの文通を続けた。

11 Stirling。スコットランド、セントラル県中部の都市。スチュアート朝スコットランド王歴代の居城がある。

12 Abbey Craig。スコットランド、スターリングのすぐ北、コーズウェイヘッドCausewayheadにあり、ウォレス・モニュメントが建っている丘。

13 Marmion。ウォルター・スコットの叙事詩『マーミオン』の主人公。最後はフロドゥンの戦いBattle of Flodden Field(1513年)で戦死する。

14 Berwickベリック。スコットランド南東部の旧州。現在はボーダーズ州の一部。

15 マクミランの婚約者、ジーン・アレンJean Allen。註10参照。

を舞台に、6巻から成り、それぞれが1日の出来事について語る。

28 エレン、フィッツジェイムズ、ロドリック・ドゥーの3人は『湖の乙女』の登場人物。

29 Loch Lomond。スコットランド西部の湖。ブリテン島最大の湖で"Loch Lomond"という歌で知られる。

30 Inversnaid。ローモンド湖の東岸の村。湖の北の端に近い所にある。

31 Loch Katrine。スターリング地方にある淡水湖。長さ約13km、幅1km。スコットランド高地トロサクス地方の景勝地。

32 Stronachlachar。カトリーン湖の西の端にある小さな村で、ゲール語で「石工の鼻」という意味。

33 カトリーン湖の東岸にある。湖に行くためには、ストロナッホラッファかこの埠頭から行くのが一般的。

34 原文はChateau en Espagne(フランス語で「スペインの城」の意)。第8章註6参照。

35 Loch Achray。カトリーン湖からほんの1マイルの所にある小さな美しい湖。トロサクスの中心に位置する。

36 『湖上の美人』の中の一節。

37 bell-heath。学名Erica cinerea。和名でエリカ・キネレアとも。ツツジ科エリカ属、ヨーロッパ西部原産の常緑低木。

38 blue-bells。後で出てくる通り、これはScottish blue-bellsでホタルブクロ属の花。和名はイトシャジンだが、「つりがね草」と呼ばれたりする。イギリスではEnglish blue-bells(ツルボ亜科ヒアシントイデス属の春咲きの球根性多年草。ヒアシンスに似た花)。

39 Brig of Turk。スコットランド・ゲール語で「小丘の頂上の小川」の意。

40 old Scotia。カナダにはNova Scotia州があり、これはラテン語で「新しいスコットランドの国」という意味。それを踏まえ、ここでは古いスコットランドの国という言い方をしていると思われる。

41 Ellen's Isle。カトリーン湖にある小さな島のひとつ。

42 Ben Venue。トロサクスにある山。ゲール語で「小さな山」の意。カトリーン湖南端から南東約2km。

43 Melrose。現在のスコティッシュ・ボーダーズ(行政区画のひとつ)、以前のRoxburghshireの小さな歴史町。

44 Abbotsford、Abbotsford House。トゥイード川南岸、メルローズ近くにある歴史的建造物。ウォルター・スコットが住んでいた。

45 Eildon Hills。メルローズのすぐ南にある丘。峰が3つあるので、the Eildons、Eildon Hillsと複数形で呼ばれる。真ん中の峰が一番高く、そこにスコットの記念碑がある。

46 Dryburgh。スコティッシュ・ボーダーズにある村。

47 Melrose Abbey。メルローズにあるゴシック様式の修道院。1136年、スコットランド王デヴィッド1世の命により、シトー会修道士らが建立。

48 Michael Scott(1789-1835)。グラスゴー近郊カウレアCowlairsでグラスゴーの商人の息子として生まれた作家。

49 Robert Bruce、Robert I(1274-1329)。1306年から1329年までスコットランド王だった。

50 the Holy Land。地中海東岸にあった古代の国パレスティナ。現在のイスラエル、ヨルダンを含む。聖書では「カナン」と呼ばれる地域で、イスラエルと同義。

14 Macbeth。スコットランド王(在位1040-1057)。シェイクスピアの4大悲劇の1つ、『マクベス』の主人公のモデルとなった。

15 Duncanダンカン1世。スコットランド王(在位1034-1040)。マクベスに殺害された。シェイクスピアの戯曲『マクベス』にも登場する。

16 トーマス・グレイThomas Gray(1716-1771、イングランドの詩人、古典学者、ケンブリッジ大学教授)の詩*Elegy Written in a Country Churchyard*(1750)の中の一節より。

17 原文はkindred souls。『赤毛のアン』の中ではkindred spiritsという表現が使われており、この表現も註16のトーマス・グレイの詩の中に登場している。

18 Edinburgh。スコットランド南東部の都市でスコットランドの首都。

19 Ayr。スコットランド南西部の港サウス・エアシャーにある港湾都市。保養地。

20 イギリスの詩人バイロンの詩*Childe Harold's Pilgrimage*(4巻から成る長篇叙事詩)の第2巻88節より。原文は'where'er we trod 'twas haunted, holy ground'と過去形になっているが、元の詩では現在形Where'er we tread 'tis haunted, holy ground(stanza 88, Canto the Second)。

21 原文はroyal born by right divine。テニスンの詩*Locksley Hall - Sixty Years After*(1886)より。

22 *Tam O' Shanter*(1791)。ロバート・バーンズの物語詩。英語とスコットランド語をミックスして書かれている。

23 Alloway Kirk。スコットランド、サウス・エアシャー、アロウェイの遺跡。ロバート・バーンズの詩*Tam o' Shanter*の中で魔女が踊りを踊る場所として有名。Kirkは主にスコットランド・北イングランドで教会の意。

24 Highland Mary。バーンズの数多くいた愛人の1人、メアリー・キャンベルMary Campbell(1763-86)。ハイランドはスコットランド高地を指し、彼女の話す英語がゲール語訛りだったため、ハイランド・メアリーと呼ばれる。

25 Laura。イタリアの詩人ペトラルカFrancesco Petrarca(1304-74)の作品で最もよく知られる一連の恋愛抒情詩を捧げた女性。この女性が誰なのかは諸説ある。
Beatrice。ダンテDante Alighieri(1265-1321)が理想化した女性。

Stella。フィリップ・シドニーの詩「アストロフェルとステラ」に登場する女性。シドニーは自分をアストロフェルに、人妻ペネロープ・リッチをステラになぞらえていると言われている。

Lucasta。イギリスの詩人リチャード・ラブレスRichard Lovelace(1618-57)の最も有名な詩*To Lucasta, Going to Warres*の中で歌われる女性。

Julia。シェイクスピアの喜劇『ヴェローナの二紳士』Two Gentlemen of Veronaに登場する女性(?)

Arvers。フランスの詩人・劇作家フェリックス・アルヴェールFelix Arvers(1806-50)の唯一の詩「秘密」*Un Secret*は「アルヴェールのソネット」*Sonnet d'Arvers*として世界中に知られている。

26 Trossachs。スコットランド中部のカトリン湖付近の渓谷。スコットの詩*The Lady of the Lake*の舞台。

27 *The Lady of the Lake*(1810)。ウォルター・スコットSir Walter Scottによる物語詩。トロサクス

言っているところは、日記では「売れるかもしれないし、売れないかもしれない」となっている他、若干言い回しが異なっている。

12　前の引用と同じ、1907年8月16日の日記より。この文は日記の文と全く同じ。

13　スウェーデン語訳は1909年、オランダ語訳は1912年にそれぞれ初版が出版されている。

14　ペッグ・ボウエンは本書第3章に書かれているマグ・レアードがモデルとなっている。

15　本書第1章参照。

16　ナンシーとベティー・シャーマンの話は『ストーリーガール』第7章に書かれている。

17　『ストーリーガール』第8章参照。

18　『ストーリーガール』第12章、第32章参照。

19　ジョン・キャンベル叔父の家は現在は「赤毛のアン博物館」として公開されており、青いチェストもその中に入っていた花嫁衣装一式と共に、2階の寝室に展示されている。

第9章　新婚旅行――スコットランドへ

1　モンゴメリはジョン・キャンベル叔父の家（銀の森屋敷）で結婚式を挙げた。当時は新婦の家で式と祝宴をするのが一般的だったが、モンゴメリは両親も祖父母も他界していたので、叔父の家で行った。

2　アンの夫は長老派の牧師、ユーアン・マクドナルドEwan Macdonald。EwanはJohnのウェールズ語形。

3　日記の日付は1912年となっているが、実際は1911年。モンゴメリ自身の誤記と見られる。以下同様。

4　Glasgow。スコットランド、ストラスクライド州中部のクライド川に臨む港市。造船業で有名。

5　Oban。スコットランド西部の港町。

6　Staffaスタッファ島。スコットランド西岸沖のヘブリディーズ諸島中の無人島。フィンガルの洞窟で有名。

7　Ionaアイオナ島。ヘブリディーズ諸島中の島。ケルト人の初期キリスト教の中心地。

8　Loch Awe（Lochはスコットランド語で「湖」の意）。スコットランドで3番目に大きい淡水湖。アーガイル&ビュートにあり、「アーガイルの宝石」とも呼ばれる。表面積38.5km、長さ41km、幅平均1km。

9　英国の旅行社。トマス・クックThomas Cook（1808-92）が創始。トマス・クックはホテル制度の創始者でもある。

10　Fingal's Cave。スタッファ島の南端にある、島で最も有名な大きな海蝕洞（sea cave）。海蝕洞（または「海食洞」）とは波浪による浸食で海食崖に形成された洞窟のこと。この洞窟は高さ20～23m、深さ45～85m。

11　Clamshell Cave。スタッファ島東岸にある洞窟。高さ10m、入り口の幅6m。

12　旧約聖書イザヤ書57章15節。「高く、あがめられて、永遠にいまし/その名を聖と唱えられる方がこう言われる」

13　St. Columba。アイルランド出身の修道僧（521-597）。スコットランドや北部イングランド布教の中心となったアイオナ修道院を創設。カトリック教会、聖公会、ルーテル教会、正教会の聖人。アイルランド・スコットランド守護聖人。祝日6月9日。

14 原文はIt is an ill wind that blows no good。「甲の損は乙の得、泣くものがあれば笑うものもある」誰にも利益を吹き送らないのは悪い風だ、どんな風でも誰かのためになる、という意味のことわざ。『アンの愛情』第5章でもこの表現が使われている。

15 *The Little Minister*。ジェームズ・バリーJames Matthew Barrie(1860-1937、スコットランドの小説家、劇作家、『ピーターパン』の作者)の小説。1891年に*Good Words*誌の連載として最初に登場し、同年1冊の本となる。1897年に作者により劇にされ、イングランドやアメリカでも好評を得る。

16 Palmday。普通はPalm Sundayという。復活祭直前の日曜日。キリストが受難を前にしてロバに乗ってエルサレムに入った時、群集が棕櫚(しゅろ)の枝を打ち振って歓迎したことにちなむ。プロテスタントでは「棕櫚の主日」、ローマ・カトリックでは「枝の主日」、ギリシア正教では「聖枝祭」、英国国教会では「復活前主日」と呼ばれる。

17 APA=Amateur Press Association。月刊誌の出版を共同で行う団体。

18 1901年は誤りで、正しくは1902年。

第8章 『赤毛のアン』の誕生

1 原文にはmalice aforethought(「予謀の害意」「計画的犯意」を表す)という法律用語が使われている。

2 アンという名前のスペリングはAnnとAnneの2種類あり、『赤毛のアン』の主人公のアンは自分の名前Anneにeがついているのを誇りに思っている。

3 切妻は原語ではgable。『赤毛のアン』の原題はAnne of Green Gables(緑の切妻屋根のアン)。

4 ペッグ・ボウエンは『ストーリーガール』第2章と第4章に登場している。

5 Wiltonmereと書いているが、実際に『赤毛のアン』に出てくるのはWillowmere(ウィロウミア)。

6 「スペインの城」は『アンの思い出の日々』にも出てくる表現で、アンの言葉を借りれば、「いつかは持てたらいいなと思う」「夢の家」のこと。つまり、モンゴメリの空想の城であり、実際にスペインに城を持っているわけではない。英語のフレーズcastle in Spain [the air]は空中楼閣、空想、幻想の意。

7 『赤毛のアン』第8章に登場する。

8 「ルーシー・グレイ」は1799年にウィリアム・ワーズワースが書いた詩の題名。イギリスロマン主義の代表的な詩集*Lyrical Ballads*(『叙情民謡集』、サミュエル・コールリッジとの共著)所収。

9 『赤毛のアン』第21章参照。

10 本文では5社に送ったと書いているが、日記(1907年8月16日)で社名を挙げている出版社は4社のみ。出版社は以下の通り。
新しい会社…Bobbs-Merrill(インディアナポリス)
老舗の会社…Macmillan Co.(ニューヨーク)
中間の会社…Lothrop, Lee and Shepard(ボストン)
気のないほめ方をしてきた会社…Henry Holt Co.(ニューヨーク)

11 1907年8月16日の日記とほぼ同じ文章だが、本文では「成功するかもしれないし、しないかもしれない」と

20 原文はairy-fairy。テニスンの詩*Lillian*(1830)より。その詩の中で主人公がairy-fairy Lillianと描写されている。

21 原文はart for art's sake。19世紀初頭のフランスで用いられ始めた標語。芸術それ自身の価値は「真の」芸術であるかぎりにおいて、いかなる教訓的・道徳的・実用的な機能とも切り離されたものであることを表明している。

22 原文はstunt。本来は「離れ技」や「妙技」の意味だが、19世紀末にアメリカの大学で自己の身体能力を試すような運動を指す体操用語として使われ始め、組体操やチアリーディングで組んで行う演技を指すようになる。アメリカで1910年代に始まり20年代に進展する体育の改革運動の中で、この用語が取り上げられ、注目されるようになった。モンゴメリがこれを書いている時期はちょうどそれと重なる。現在では、パーティーやキャンプファイヤーなどでグループごとに披露する寸劇などの出し物の意味でも用いられる。ここでは修業として自分自身に課していた毎日の執筆のことを指す。

第7章　記者生活

1 1889年に*Munsey's Weekly*として創刊されたアメリカの雑誌。1891年に月刊誌となり、*Munsey's Magazine*と名前を変える。

2 ここでは1901年11月11日となっているが、実際の日記では同年11月13日と14日に記された内容となっている。

3 「この世のものだから、世俗的」の原文はBeing of the earth, it is earthy。新約聖書コリントの信徒への手紙Iの中の一節より。「最初の人［アダム］は土ででき、地に属するものであり…」(コリント15章47節)

4 原文はbeer and skittles。Skittles(スキットルズ)はアメリカのお菓子で、柔らかいフルーツキャンディー。

5 「悩みの種」の原文はthorns in the flesh(肉体のとげ)。新約聖書コリントの信徒への手紙IIの中の一節より。「私の身にひとつのとげが与えられました」

6 カナダ、オンタリオ州南西部の都市。

7 原文はAround the Tea-Table。英語のtea-tableには「つまらない、くだらない」という意味がある。

8 モンゴメリがかつて飼っていた猫の名前のはずだが、11月14日の日記ではほぼ同じ文章の中で名前はBobsと記されている。

9 『赤毛のアン』第1章にも同じ表現が見られる。

10 *the Delineator*。アメリカの女性雑誌(1873-1937)。19世紀から20世紀になる頃にはアメリカの女性ファッション雑誌の中でも一番の雑誌となっていた。

11 *Smart Set*。アメリカの文芸雑誌(1900-1930)。

12 *Ainslies'*、正しくは*Ainslie's magazine*。アメリカの雑誌。

13 原文はsticks。組版ステッキ(金属製の活字を数行分並べていく入れ物で、ページの幅に合わせて調整できるようになっている。並べた活字はゲラにうつされる)。

と合併、22年に同紙に吸収される。

8　『赤毛のアン』第26章参照。

9　メソディスト教会。英国のジョン・ウェスリーJohn Wesleyの指導による信仰復興運動(1729)から興ったプロテスタントの一教派。「秩序だてて聖書研究や祈りをし、自分の信条に従う人」の意で、18世紀のオックスフォード大学学生の一団につけられたあだ名に由来。

10　当時は増えすぎた猫を溺死させることはよく行われていたようで、「アン」シリーズや「エミリー」シリーズでもそのようなエピソードが使われている。

11　1890年8月11日にキャベンディッシュを出発し、ニュー・ブランズウィック、メイン、オンタリオ、マニトバ、ウィニペグを経て、サスカチュワンに行き、そこからは馬車でプリンス・アルバートへ向かい、出発から9日後の20日にプリンス・アルバートに到着。9日間で約3000マイルの行程だった。

12　ルフォース岬の伝説については本書第4章を参照。

13　モンゴメリの*June*という題名の詩は1891年6月12日に*The Daily Patriot*に掲載された。

"Wake up," the robin warble,
The summer time is here,
The month of blushing roses,
The darling of the year.

Wake up, you lazy dreamers,
The summer's waiting you,
The days are long and golden;
The skies are tender blue.

The earth is full of gladness,
The light and song and bloom,
Join in the summer brightness
Nor every think of gloom.

14　わずか1年で戻ったのは、父の再婚相手の女性がモードを召使いのように扱ったから。

15　原文では1803年となっているが、これは明らかに間違いであろう。

16　購読権は友達にあげたとあるが、1901年3月21日の日記には祖母にあげたと記されている。次に引用される日記の引用「これは始まりだ」以下は、この日の日記には見受けられない。

17　*Golden Days(for Boys and Girls)*、19世紀の子ども向け週刊物語新聞。*Saturday Night*紙につけられて発行された(1880-1907)。

18　原題はWhich has the more patience under the ordinary cares and trials of life - man or woman?。1スタンザ6行で5スタンザからなる韻文詩。

19　*The Youth's Companion*。ボストンで出版されていたアメリカの児童向け雑誌。1827年から1929年までおよそ100年に渡って刊行されたが、1929年に*the American Boy*に吸収される。

ロバート・バーンズRobert Burns(1759-96)。スコットランドの国民詩人。

19 引用元不明。

20 *The Pilgrim's Progress*(1678、続編1684)。ジョン・バニヤンJohn Bunyan(1628-1688、イギリスの教役者・文学者)の寓意物語。プロテスタント世界で最も読まれた宗教書。

21 トマス・デ・ウィット・タルミッジThomas De Witt Talmage(1832-1902)。米国の説教者、聖職者、神学者。The Reformed Church of American and Presbyterian Church(アメリカ長老派改革教会)の牧師。

22 *The Young Disciple: or A Memoir of Anzonetta R. Peters*(1837)。ジョン・アロンゾ・クラークJohn Alonzo Clark(1801-1843、アメリカの牧師)が書いた。

23 イギリスの詩人アレキサンダー・ポープAlexander Pope(1688-1744)の詩*The Dying Christian to His Soul*より。

24 George Whitefield(1714-1770)。イングランド国教会の牧師、説教者、メソディスト信仰復興の指導者。「福音主義の父」the Father of Evangelicalismと呼ばれる。18世紀のイングランドとアメリカで最も有名な説教者。アメリカの植民地すべてを旅行し、大群衆とメディアを集める。

25 正しくはAnzonetta R. Petersだが、Anzonetta B. Petersとなっている。モンゴメリ自身の間違いか組版時の間違いかは不明。

26 元の言葉はcabbages and kings。イギリスの小説家ルイス・キャロルLouis Carroll(1832-1898)の『鏡の国のアリス』*Through the Looking-Glass*(1871)より。「様々な話題」を意味するようになる。すでにこの意味で使われるようになっていることが分かる。

第6章　私にも書ける!—— 幼い作家

1 James Thomson(1700-1748)。スコットランドの詩人・劇作家。ロバート・バーンズ以前の最も有名な詩人。1725年にスコットランドからロンドンに出て、『四季』*The Seasons*(1726-1730、1744-1746に改訂)を出版。彼は同時代の詩の機知に富んだ人工的なスタイルを捨て、題材として「自然」を取り上げて、豊かな無韻詩で自然の姿を生き生きと描写した。このスタイルは1700年代後半のロマン派の運動を引き起こすことになる。最終的に5500行に及ぶ『四季』は、無韻詩で書かれた詩で、自然の様々な姿、人間の知性や感覚、神の力を賞賛しつつ探っている。

2 当時、父親はサスカチュワン州のプリンス・アルバートに住んでいた。

3 昔、小学生がノートがわりに用いた木枠付きの粘板岩の板。『赤毛のアン』には、アンがこの石板でギルバートの頭をたたいた場面がある。

4 acrosticアクロスティック。折句の一種。各行の最初の文字を並べると、ある語や句になる一種の遊戯詩。

5 一般的に原稿を送る際には紙の両面を使うことはなかった。

6 *Household*。20世紀初頭のアメリカの女性誌。

7 *The Examiner*。1847年に創刊されたプリンス・エドワード島の週刊の新聞。1915年にガーディアン紙の詩*Ode: Intimations of Immortality from Recollections of Early Childhood*（1807、一般に*Immortality Ode*、11スタンザ、208行からなる詩）の第4スタンザ最終行のWhere is it now, the glory and the dream?（あの栄光と夢は今いずこに）から取られている。

10 ワーズワースの前述の詩の第11スタンザ最終行、すなわち全体の最後の行のことば。

11 自分と美の王国を隔てるのは薄いヴェールのみで、時折風がそれをあおって王国をちらっと見ることができる、という内容の記述は、『虹の谷のアン』第8章でのウォルターや『可愛いエミリー』第1章でのエミリーの描写の中、また1905年1月2日の日記の中にほぼ同じ文が見られる。エミリーにおいては、その感覚が「ひらめき」（flash）と表現されている。

12 *Godey's Lady's Book*（*Godey's Magazine and Lady's Book*）。アメリカのフィラデルフィアで1830年から1878年までLouis A. Godeyにより発行されていた雑誌。Godeyの死後、別の人により発行され、1898年まで続いた。19世紀に女性の間で人気を博し、1860年代にはqueen of monthlies（月刊誌の女王）と自称していた。当時著名な作家による詩や、記事、図案が載せられた。「メリーさんの羊」*Mary Had a Little Lamb*の著者であるサラ・ジョセフ・ヘイルSarah Joseph Haleが1837年から1877年まで編集者を務める。ヘイルが編集を始めた時は読者は1万人であったが、2年後には4万人、1860年までに15万人の読者を持つようになった。

13 原文はthe glory that was Greece and the grandeur that was Romeでエドガー・アラン・ポー（Edgar Allan Poe）の詩*To Helen*（1845年の改訂版、3スタンザ、15行詩）の中の最も有名な2行。1831年のオリジナル版はTo the beauty of fair Greece/And the grandeur of old Romeであった。

14 Trust Territory of the Pacific Islands。太平洋西部、ミクロネシアのほぼ全域に及び、マーシャル諸島、ミクロネシア連邦、北マリアナ諸島、パラオから成る。第二次世界大戦前は日本の委任統治領、戦後は米国の信託統治領。1976年北マリアナ連邦の分離後、ミクロネシア、マーシャル、パラオの3独立国が成立。

15 *Rob Roy*（1817）。ウォルター・スコットWalter Scott（1771-1832）［スコットランドの詩人・作家］の小説。

16 *Pickwick Papers*（1837）。チャールズ・ディケンズCharles Dickens（1812-1870、ヴィクトリア朝を代表する英国の小説家）の最初の小説。原題は*The Posthumous Papers of the Pickwick Club*。

17 *Zanoni*（1842）。エドワード・ブルワー＝リットンEdward Bulwer-Lytton（1803-1873、イギリスの小説家・劇作家・政治家）の小説。

18 ヘンリー・ワーズワース・ロングフェローHenry Wadsworth Longfellow（1807-82）。米国の詩人。
アルフレッド・テニスンLord Alfred Tennyson（1809-92）。英国の詩人、桂冠詩人。

ジョン・グリーンリーフ・ウィティアーJohn Greenleaf Whittier（1807-92）。米国の詩人。

ウォルター・スコットSir Walter Scott（1771-1832）。スコットランドの小説家・詩人。

ジョージ・ゴードン・バイロンLord George Gordon Byron（1788-1824）。英国のロマン派詩人。

ジョン・ミルトンJohn Milton（1608-74）。英国の詩人。

13　16〜19世紀にかけて、私掠免許状を付与されて戦時に敵国船を攻撃・拿捕した民間船。

14　「妖精の国の前哨地」という表現はモンゴメリの好んだ表現で、彼女の作品によく登場する。

15　岬に建てられた灯台のこと。

16　ジョン・キャンベルは、モンゴメリの母クララの妹アンナ（アニー）の夫。その家は「銀の森屋敷」と呼ばれ、『銀の森のパット』の家のモデルとなっている。

17　ジューン・ベルJune bellsはモンゴメリの造語。学名はLinnaea Borealisで、Twin Flowerとも呼ばれる。スイカズラ科リンネソウ属に分類される常緑小低木。村岡訳では「ツリガネソウ」となっているが、園芸上「ツリガネソウ」と呼ばれる花の標準和名は「フウリンソウ」で、キキョウ科ホタルブクロ属。
モンゴメリは日記（1915年4月15日）の中で、「野の花で一番好きなのはJune bell――Linnea Borealisである」と書いている。『果樹園のセレナーデ』の中では水仙のことをJune lilyと呼んでいる。好きなものに自分で名前をつけるのは、アンと同じである。

第5章　少女時代

1　Catkin。（ヤナギ・カバノキなどの）尾状花序、尾状花。[オランダ語 Katteken 子猫（現在廃語）：猫の尾に似ていることから]
Pussy-willow。ヤナギ属の小さい木。米国東部産。猫の尾の形の花（Catkin）をつける。

2　新約聖書ローマの信徒への手紙5章12節より。「このような訳で、1人の人によって罪が世に入り、罪によって死が入り込んだように、死はすべての人に及んだのです」

3　キリスト教プロテスタントの一教派。同一階級の長老たちが教会を運営する制度で、スコットランド教会から広がる。

4　復活祭。クリスマス、ペンテコステ（聖霊降臨祭）とともにキリスト教の大祭日。十字架にかかって死んだイエス・キリストが3日目に復活したことを祝う。移動祝日で、春分の日の後の最初の満月の次の日曜日と定められている。

5　ジョン・モリスン（1750-1798）が作詞した讃美歌。作曲はロッキンガム・ミラー。歌詞はマタイによる福音書26章26-29節のパラフレーズで主の晩餐を扱う。*Scottish Translation and Paraphrases*（1781）所蔵。

6　新約聖書ヨハネによる福音書3章16節のこと。「神は、その独り子をお与えになったほどに、世を愛された。独り子を信じるものが1人も滅びないで、永遠の命を得るためである」

7　長老派の教会（スコットランド教会など）で用いられるもので、聖書の一節を詩や散文の形で言い換えたもの。

8　この引用は、Scottish Psalter and Paraphrases（スコットランド詩篇とパラフレーズ）のイザヤ書9章2-8節の中に含まれている。ミディアン人は古代パレスティナのセム系民族のひとつ。ユダヤ人に吸収され、消滅。聖書では砂漠の遊牧民を指す。出エジプト記、民数記、士師記、イザヤ書などに見られ、神のための聖別の対象として虐殺される場面もある。

9　「栄光と夢」は『赤毛のアン』第36章のタイトルにもなっている。ウィリアム・ワーズワース（1770-1850）

には英国議会が調査のための委員会を設置し、1850年商務省海事部(the Marine Department of the Board of Trade)を創設する法律が制定され、それにより、商船の人員配置、乗組員の能力、操縦を管理する法律が施行されることとなる。その規制にもかかわらず、英国政府は船の管理者への直接の干渉を避けていた。1870年に議員のサミュエル・プリムソルが乗組員と積荷の安全を保証するため、どのくらいになると過積載になるかを示す積荷のラインを船につけることを要求するキャンペーンを始める。船の所有者による反発があったが、1876年、議会は航海に適さない船に関する法案を通し、満載のポイントを示すラインを船に記すことが義務付けられた。

3 CawnporeはKanpurの旧称。インドUttar Pradesh州南部の都市。インド大反乱で欧米人の大虐殺があった。現在この名前は、通りの名前にのみ残っている。

4 Indian Rebellion。イギリスの植民地支配に対する民族的反抗運動。かつては「シパーヒー(セポイ)*の乱」the Sepoy Rebellionと呼ばれた。インド側からは第一次インド独立戦争と呼ばれることもある。*シパーヒー(sipahi)(セポイ)=兵士、軍人

5 タマキビ科の海洋性の巻貝の総称。海岸でよく見られる貝で、固い小さな円錐状の貝殻をしている。身は食用になる。

6 *The Chambered Nautilus*。オリバー・ウェンデル・ホームズの詩。Fireside Poets(本書第3章註13参照)は、人気においてイギリスの詩人と肩を並べるようになった最初のアメリカの詩人たちであり、その人気はテニスンを越えるほどだった。彼らの詩は、標準的な形式、規則正しい韻律、脚韻を踏むスタンザという伝統的な詩のスタイルを忠実に守っているので、学校での暗記や朗唱に適していた。また、家の炉辺に集まった家族への余興の種にもなった。彼らが主に題材としたのは、家庭生活、神話・伝承、アメリカの政治であった。ホームズの詩の中には彼の周りの世界の観察を基に書かれたものもあり、この*The Chambered Nautilus*は彼が長く親しんだ具体的なものについて描いて成功したひとつの例である。

7 「オウムガイ」の中の一節より。

8 同上。

9 同上。

10 1851年10月、Yankee StormあるいはAmerican Galeと呼ばれる嵐が北の海岸を襲い、数十隻の船が難破。多くの人が亡くなったが、その中でも悲劇的だったのがフランクリン・デクスターという船にまつわる話であった。この船はその嵐のため、マークデイル岬で座礁し、乗員全員が死亡。船長とその弟3人はメイン州ポートランドの老人の息子たちであった。老人はそこで埋葬された息子たちの遺体を掘り起こして、故郷メイン州に埋葬するため、その港から帆船セス・ホールSeth Hallに4人の遺体を載せ、自分は蒸気船に載って帰る。ところがこの帆船の船長は、嵐が来そうだからそれが通り過ぎるまで待った方がよいという老水夫たちの忠告を聞かずに出港し、結局嵐に巻き込まれ、セス・ホールは沈み、乗員は全員死亡する。息子たちは故郷の親の元に戻ることはなかった。

11 註10参照。

12 『銀の森のパット』第25章で、パットも年代が覚えられなくて、はっきり覚えているのはこの2つだけだと言っている。

殿の門のそばにおいてもらっていたのである。(…)彼らは、それが神殿の「美しい門」のそばに座って施しを乞うていた者だと気づき、その身に起こったことに我を忘れるほど驚いた」

6　『赤毛のアン』第20章参照。

7　ウィリアム・シェイクスピアの悲劇『ハムレット』1幕5場から。There are more things in heaven and earth, Horatio,Than are dreamt of in your philosophy.「天と地の間には、人間の哲学などでは思いもよらぬことがある」

8　『虹の谷のアン』第30章に似た表現がある。「死！ 這いまわるヘンリー・ワーレンの幽霊につかまるのにくらべたら、死なんか問題ではない」

9　原文はbugbear（バグベア）。行儀の良くない子どもを食べてしまうというお化け。子どもを怖がらせるために言い伝えられてきた。地方によって異なるが、伝統的に熊の体をしているとされる。転じて、「怖いもの」「恐怖の元」「（理由のない）心配」「悩みの種」といった意味でも用いられる。

10　このエピソードは多少、形を変えて『虹の谷のアン』第30章で用いられている。

11　「樹の恋人たち」は『虹の谷のアン』第3章などの場面に登場し、子どもたちが「虹の谷」と名づけた谷にあるとされている。

12　「白衣の貴婦人」も「樹の恋人たち」同様、『虹の谷のアン』第3章などに登場していて、これもやはり「虹の谷」にあるとされている。

13　Oliver Wendell Homes, Sr.(1809-1894)。アメリカの詩人、エッセイスト、医者。Fireside Poets（炉端の詩人たち、Schoolroom PoetsまたはHousehold Poetsとも）と呼ばれる19世紀ニュー・イングランド出身のアメリカの詩人のグループの1人。このグループには、ホームズのほかに以下の詩人達がいる。ロングフェローHenry Wadsworth Longfellow、ブライアントWilliam Cullen Bryant、ウィティアーJohn Greenleaf Whittier、ロウエルJames Russell Lowellなど。

14　ホームズの詩*The Deacon's Masterpiece*の中の一節より。

15　シェイクスピアの4大悲劇の1つ『リア王』の王のイメージ。

16　「夢に囲まれた国」は『アンの夢の家』第3章のタイトル。

第4章　私の「不思議の国」

1　マルコポーロ号は1851年にニューブランズウィックのセント・ジョンで進水した3本マストの木製クリッパー型快速帆船。探検家マルコ・ポーロにちなんで命名された。長さ184フィート、甲板梁36フィート、喫水29フィート。排水量1625トン。3つの甲板を持つ。1883年7月22日、島の北方で浸水し、ポンプでの排水ができなかったため、乗組員は船をキャベンディッシュの海岸で故意に座礁させた。さらに風で船が沖に流されるのを避けるため、マストを切り倒すが、7月の嵐のため船は破壊された。

2　プリムソル法案Plimsoll Bill。商船法（1876）。サミュエル・プリムソルSamuel Plimsoll(1825-1898)は英国の政治家で、商船法の制定に尽力した。
1800年代中頃、貨物船の過積載が原因の難破で船や乗組員が失われ、大きな問題となっていた。1836年

2　モンゴメリの伝記を書いたMary H. Rubioによると、天井や屋根などにある跳ね上げ戸のことらしい。

3　英国のユーモア作家・詩人トマス・フッドThomas Hood(1799-1845)の作。実際の題名は*I Remember, I Remember*。フッドは当時の多くの問題についてユーモアを持って書き記している。

4　アルフレッド・テニスンの詩*Closer Is He than Breathing*より。

5　原文はthe gates of pearl and streets of gold。出典は、新約聖書ヨハネの黙示録21章21節。And the twelve gates were twelve pearls, each of the gates made of a single pearl, and the street of the city was pure gold, transparent as glass.「12の門は12の真珠であって、どの門もそれぞれ1個の真珠でできていた。都の大通りは透き通ったガラスのような純金であった」

6　『虹の谷のアン』で、メアリー・ヴァンスが「まちがって焼けた火かき棒をつかんだことがあるけど、熱いの熱くないのって、ものすごいんだよ」(村岡花子訳)と言う場面がある。

7　原文はthe last trump。最後の審判の日に鳴るラッパの響きを指す。出典は、新約聖書コリントの信徒への手紙I 15章51-52節。「私たちは皆、今とは異なる状態に変えられます。最後のラッパが鳴ると共に、たちまち、一瞬のうちにです。ラッパが鳴ると、死者は復活して朽ちないものとされ、わたしたちは変えられます」

8　原文はI had trodden the wine-press alone。出典は、新約聖書ヨハネの黙示録14章19-20節。「そこで、その天使は、地に鎌を投げ入れて地上のぶどうを取り入れ、これを神の怒りの大きな絞り桶に投げ入れた。絞り桶は、都の外で踏まれた。すると、血が絞り桶から流れ出て、馬のくつわに届くほどになり、1600スタディオンに渡って広がった」。下線訳者「絞り桶を踏む」というのは神の怒りの表現。

第3章　学校生活と自然のなかで過ごした日々

1　『赤毛のアン』第15章のアヴォンリーの学校の描写と似ており、モンゴメリが自分の通った学校をモデルに書いたことが分かる。

2　『虹の谷のアン』の第2章には、メソディスト派の牧師の娘がボタンのついた靴を履いているのに、長老派教会の牧師の子どもが裸足で学校へ行くなんて、とミス・コーネリアが嘆く場面がある。

3　ロイヤル・リーダーシリーズRoyal Reader series。このシリーズは教科書として1870年代から20世紀に至るまで、ニューファウンドランドとラブラドルの学校で用いられてきた。レベル1(First level)は入門(Primer)の後に続くもので同じような簡単なレッスンで始まっている。PartIでは1音節の語のみが扱われ、PartⅡで2音節の語が導入される。全般にわたり、多くのイラストが載せられている。レベル2(Second level)には短い散文と詩が収録され、発音と新出単語の簡単な語義や、内容に関する質問が各レッスンにつけられている。

4　原文はcat and rat formulae(キャットとラットの公式)。フォーニックス(単語のスペリングと発音を結びつけて読み方を教える方法)を使った教科書と思われる。

5　原文はThe Gate Beautiful of the Temple。新約聖書使徒言行録3章2節、10節より。「すると生まれながら足の不自由な男が運ばれてきた。神殿の境内に入る人に施しを乞うため、毎日「美しい門」という神

訳　註

第1章　プリンス・エドワード島── 母の死

1　*Everywoman's World*。トロント(オンタリオ州)で1910年頃から1920年代まで発行されていた婦人向け雑誌。1921年までに1回の発行でおそらく初めて10万部を超え(106,167部)、カナダで最多発行部数を誇る雑誌となった。

2　モンゴメリは*To the Fringed Gentian*と記しているが、引用部は*Fringed Gentian*(作者不明)という詩から。*To the Fringed Gentian*という題名の別の詩も存在する。fringed gentianは北米東部原産のリンドウ属の草。房付きの花弁を持つ青い釣り鐘状の花をつける二年生、または一年生の植物。

3　原文はthenとなっているが、引用元の詩ではwhen。この一節は全4節(スタンザ)からなる詩の最後の節。

4　原書のタイトル*the Alpine Path*(アルプスの道、高山の道)はこの詩から取られている。

5　原文ではProvince(州)。プリンス・エドワード島は島全体で1つの州となっていて、カナダで一番小さな州である。

6　テニスンの詩*To the Queen*の中の一節より。
アルフレッド・テニスンAlfred Tennyson(1809-1892)は英国ヴィクトリア時代の詩人、桂冠詩人。

7　アルフレッド・テニスンの詩*The Palace of Art*(1832、1842に改訂)の中の一節。

8　島にも人格を認めるモンゴメリの心情は、自分の家を人格のあるものと捉え、こよなく愛するパット(『銀の森のパット』の主人公)の心情と重なる。

9　『可愛いエミリー』第7章、エミリーの曽祖父母がプリンス・エドワード島にやって来たいきさつが語られる場面では、本書の内容そのままに、曽祖母のメアリー・マレーが「わたしはここにいるわ」(原文Here I stay.)と言ったとされている。曽祖父は心から妻を許していたわけでなく、彼女が死んだ時、その墓に「わたしはここにいるわ」という1行を刻ませた。

10　United Empire Loyalist。アメリカ独立戦争で、革命側ではなく、英国を支持した植民地の住人(トーリーと呼ばれた)。戦争後、多くがカナダに避難した。

11　カナダ、ケベック州のハドソン湾東側の三角形の内湾。

12　スコットランド西部の郡。

13　1371年から1714年まで続いたスコットランド起源の王朝。途中、イングランドとスコットランドが同君連合体制となり、グレートブリテンが成立。1714年にアン女王が死去し、王朝は断絶する。

14　ロバート・バーンズRobert Burns(1759-1796)。スコットランドの国民的詩人。

15　カリブ海東部に位置する、メインの2島と多数の小島から成る国。英連邦に属する。正式にはAntigua and Barbuda。

第2章　「天国ってどこにあるの?」

1　『アンの夢の家』には、この3つの家をそれぞれエリオット家、マカリスター家、クロフォード家と言い換えて、そういう言い回しがあったとする場面が登場する。

モンゴメリ作品年表

［ ］は作中のアンの年齢　＊は短編集

アン・シリーズ	エミリー・シリーズ	他の小説	詩集・その他
1908『赤毛のアン』*Anne of Green Gables* [11〜16]			
1909『アンの青春』*Anne of Avonlea* [16〜18]			
		1910『果樹園のセレナーデ』*Kilmeny of the Orchard*	
		1911『ストーリー・ガール』*Story Girl*	
1912『アンの友達』*Chronicles of Avonlea* ＊			
		1913『黄金の道ーストーリー・ガール Ⅱ』*The Golden Road*	
1915『アンの愛情』*Anne of the Island* [18〜22]			
			1916『夜警』*The Watchman and Other Poems*
1917『アンの夢の家』*Anne's House of Dreams* [25〜27]			1917『ストーリー・オブ・マイ・キャリア』*The Alpine Path*
1919『虹の谷のアン』*The Rainbow Valley* [41]			
1920『アンをめぐる人々』*Further Chronicles of Avonlea* ＊			
1921『アンの娘リラ』*Rilla of Ingleside* [49〜53]			
	1923『可愛いエミリー』*Emily of New Moon*		

1925『エミリーはのぼる』*Emily Climbs*

1926『青い城』*The Blue Castle*

1927『エミリーの求めるもの』*Emily's Quest*

1929『マリゴールドの魔法』*Magic of Marigold*

1931『もつれたクモの巣』*A Tangled Web (Aunt Becky Began It)*

1933『銀の森のパット』*Pat of Silver Bush*

1934 *Courageous Woman*（未訳、ノンフィクション）

1935『パットお嬢さん』*Mistress Pat*

1936『アンの幸福』*Anne of Windy Poplars*（英：*Anne of Windy Willows*）[22-25]

1937『丘の上のジェーン』*Jane of Lantern Hill*

1939『炉辺荘のアン』*Anne of Ingleside* [34~40]

1974『アンの村の日々』*The Road to Yesterday*

2009『アンの想い出の日々』*The Blythes Are Quoted* [40~75]

訳者あとがき

本書は『赤毛のアン』の作者ルーシー・モード・モンゴメリ Lucy Maud Montgomery（一八七四—一九四二）の *The Alpine Path The Story of My Career* を訳出したものです。これは元々『婦人の世界』*Everywoman's World* という雑誌に一九一七年六月から十一月まで六回の連載で発表されたもので、その後一冊の本にまとめられて、Fitzhenry & Whiteside Limited から一九七四年に出版されました。『婦人の世界』はトロントで一九一一年から一九二〇年代まで発行されていた雑誌です。翻訳にあたっては、Dodo Press（二〇〇九）による本を底本とし、章立てについては一九七四年版を参照しています。

L・M・モンゴメリはこれを「かつて私が成功に向かって歩んだ退屈な道の途上で同じように悩みもがいている人たちを励ますために」書いたと言っていますが、作家としての修業期間を描くことにとどまらず、プリンス・エドワード島での子ども時代や、彼女の小説に登場する人物や場所のモデルとなったものについても豊かに語り、最後は新婚旅行の道中記となっています。

モンゴメリは一九一七年には四十二歳（誕生日が十一月三十日ですので、連載は四十三歳直前までということになります）、ユーアン・マクドナルド牧師と結婚していて、二人の幼い息子たちがいました。プロの作家として二十年以上の年月を重ね、最初の本である『赤毛のアン』の出版によって世界的に有名になってからほぼ十年がたっていました。本書の最初のところで、私にキャリアなんてあるかしら、と言っていますが、その実、堂々たるキャリアを持っており、すでにアン・シリーズ五冊と彼女のいちばんのお気に入りである『ストーリー・ガール』を含め八冊の本と一冊の詩集を出版しています。一九一七年以降、さらに十五冊の本を出版し、その中には五冊のアン・シリーズ、三冊のエミリー・シリーズに加え、『マリーゴールドの魔法』と『青い城』の二冊の大人向け小説もあります。そのほかに、短篇は数知れず、また、彼女が作家生活を始めた際にしていたフリーランスでの雑誌への執筆も続けました。モンゴメリの作品については、巻末の作品年表をご参照ください。

ところで、日にちを覚えられないというモンゴメリ自身の告白どおり、彼女は自分の新婚旅行の年を間違えています。この本の最後の章に記されている一九一二年は実際には一九一一年です。

この本は一般的には、モンゴメリの自叙伝とされていますが、彼女自身はそのつもりではなく、あくまで「私のキャリアの話《ストーリー・オブ・マイ・キャリア》」ということなのです。ですから、自叙伝として読むと少々物足りなく感じることでしょう。私も最初にこの本を読んだときは、モンゴメリもずいぶん中途半端なものを書いたなと思ったものでしたが、そう感じたのは申し訳ないことでした。前述の通り、本書には彼女が作家として成功するまでの涙ぐましい奮闘が語られ、『赤毛のアン』誕生の経緯やその後のことも含め、一人の働く女性の物語として興味深く読めるものとなっています。とはいうものの、これを読まれた方はもっと彼女のことを知りたいと思うのではないでしょうか。それに本書には年号が記されておらず、いつ頃のことかはっきりとしないものも多いので、ここでは、その後のことも加えて簡単に生涯をまとめ、モンゴメリの人となりをもう少し詳しくご紹介したいと思います。モンゴメリはモードと呼ばれることを好んでいました。以下は夫や息子についても述べますので、区別するためにも彼女をモードと呼ぶことにします。

L・M・モンゴメリについて

1　モードの生涯

モードは一八七四年十一月三十日、クリフトン（現在のニューロンドン）で生まれ、一歳九か月で母を結核で亡くします。両親が結婚したのは一八七四年三月四日、父は三十三歳、母は二十一歳の時でした。母クララは亡くなった時まだ二十三歳でした。モードはキャベンディッシュに住む母方の祖父母（五十六歳と五十二歳）に引き取られ、叔母のエミリーとも一緒に暮らしました。一八八一年、モードが七歳の時、エミリーは結婚して家を出ました。モードはあまり友達もなく、寂しい子ども時代を送りましたが、そのことで彼女の想像力が鍛えられ、後の創作活動へとつながることになります。

ウェルとデイヴと過ごしたのはモードが七歳から十一歳、マルコ・ポーロ号の難破はモードが九歳の時のことでした。一八九〇年、十五歳の時、父の住むプリンス・アルバートへ行きますが、モードは三日目にしてホーム・シックになったようです。父は一八八七年、四十六歳の時に二十三歳のメアリー・アン・マクレイと結婚し、モードが訪れた時には二歳の子どもがいて、メアリーは二人目を妊娠中でした。そのためメイドのように扱われたモードは、嫌気がさして一年後には島に戻ったのでした。

一八九三年にキャベンディッシュでの学校生活を終えたあと、シャーロットタウンにあるプリンス・オヴ・ウエールズ・カレッジに進み、二年間のコースを一年で終了して教員免許を取得します。一八九四年七月、十九歳でビデフォードで教員となり、一年間、六歳から十三歳までの生徒を受け持ち、優れた教員として人気を得ました。その後、一八九五年から九六年までノヴァ・スコシア州のハリファクスにあるダルハウジー大学で文学の勉強をしますが、経済的な理由から勉学を続けることはできず、学位は取っていません。教員をしてお金を貯めて大学に行くというのは、当時は珍しくありませんでした。島に戻ってから、ベルモントとベデックで二年間教員生活を送り、そのかたわら創作の時間もとっていました。教員時代には恋愛を楽しみ、婚約をした人もいましたが、後に破棄しています。

モードの書いたものが初めて活字になり、『デイリー・パトリオット』紙に載ったのは彼女が父の元にいた一八九〇年のことで、掲載作は「ル・フォース岬で」という詩でした。一八九七年以降、モードの書いた短篇は多くの雑誌や新聞に載り始め、一九〇七年までにおよそ百篇が活字になりました。産業革命を経て、一般民衆の教育の向上、印刷術や製本技術における発明、公共図書館の設置、鉄道や船舶輸送の発展などにより、一八九〇年までに読者人口が大いに拡大したことも、モードにとっては追い風となったことでしょう。

　一八九八年に祖父が急逝し、二十三歳だったモードは、一人残された祖母と暮らすためキャベンディッシュに戻り、その後一九一一年に祖母が亡くなるまで留まります。唯一の例外として、一九〇一年から〇二年にかけての九か月間、ハリファクスの新聞社で『モーニング・クロニクル』と『デイリー・エコー』の校正者として働き、コラムなども書いていたことは本書にある通りです。

　キャベンディッシュでは祖父がやっていた郵便局で働きましたが、多くの時間を書くことに費やすことができました。次から次へと作品を書いては送り、送り返されていたのはこの頃のことですが、受け入れられるものも着実に増えていきました。そんな中、一九〇〇年一月十六日、モードの父が肺炎で急死したとの電報が届きます。父の死は彼女にとって青天の霹靂で、ショックはかなり大きく、数週間はただ死にたいとしか思えなかったと五月に入ってから日記に書いています。

　長老派の牧師であるユーアンとは一九〇六年に婚約しましたが、結婚したのは祖母が亡くなった一九一一年で、モードは三十六歳、ユーアンは四十歳になっていました。新婚旅行の後、ユーアンの赴任に伴い、オンタリオ州リースクデールに移り、そこで一九二六年まで過ごし、この地で一九一二年に長男のチェスター、一九一五年に三男スチュアートを産んでいます（二番目に産んだ子どもは死産でした）。次いでノーヴァルに移り、ユーアンが三五年に牧師職を辞すまでそこで過ごしました。その後一時期スワンシーに滞在後、トロントに移り、「旅路の果て荘」（Journey's End）と名付けた家に住み、そこで最期を迎えます。遺体はモードが愛したプリンス・エドワード島に運ばれ、キャベンディッシュ共同墓地に埋葬されました。ユーアンもその翌年亡くなり、同じ墓地に葬られています。

モードの最期については、冠状動脈血栓症が死因とされ、長い間真相が伏せられていましたが、深刻な神経衰弱による服薬自殺とみられることが二〇〇八年九月に公表されました。

2　モードの公の顔と内なる顔

モードは作家としての、また牧師夫人としての働きのほか、教会学校教師や、若者や子どもの演劇や教育プログラムの指導なども行い、近隣の団体の要請で資金集めのイベントなどに駆り出されることも多く、さらにカナダ作家協会Canadian Authors Association（CAA）をはじめ様々な団体での活動も行いました。一九二三年にカナダの女性として初めてイギリスの王立技芸協会 the Royal Society of Arts の会員になり、一九三五年にはＣＡＡの幹部となり、同年、大英帝国勲章 Order of the British Empire（O.B.E）を授与されています。

モードは作家として売れだしてから、いろいろなところでスピーチをしていますが、原稿を読まず、ユーモアに富んだ話で必ず聴衆を笑わせていたようです。彼女には落ち込む時などないだろうと、そのスピーチを紹介する新聞記事に書かれたものでしたが、左《さ》にあらん、モードは表舞台では見えないところで様々な困難に耐えていたのです。公の顔と内なる顔のギャップは凄まじかったのですが、友達や親戚にさえ内なる顔は隠し通し、初めて日記が出版された時、皆、モードの心の内を知って驚いたということです。

困難の第一は、夫ユーアンを折々に襲う精神不安定状態でした。モードは結婚後すぐに夫の異常に気付きますが、牧師としてふさわしくないと思われるのを避けるため、二十年間、周りの人には気付かれないよう用心深く隠してきました。教会に行けない時は体の不調を理由にして、決して彼が精神に不安を感じていることを明かすことはありませんでした。モードは祖母からよく言われていた“What will people say?”（「人がなんて言うだろう」）ということを生涯気にし続けたのでした。

次にモードを悩ませたのが長男チェスターのことです。彼はその性癖からしょっちゅう問題を起こしており、学業も芳しくなく、工学を専攻した大学では単位を取れずに留年し、結局退学。その後法律を勉強することにし、それに必要な単位を取るため再度高校に通い、やっとの事で法科大学院に進むものの、ここでも留年し、なんとか卒業しましたが、社会に出るまで時間もお金も浪費しました。学生のうちに親にも内緒で結婚したルエラとの間に子どももいましたが、すぐに別居し、不倫を重ねています。

弟のスチュアートはチェスターとは対照的に性格も良く、みんなから愛され、医学部を出て産婦人科医になっています。学生時代は体操でも頭角を現し、州の大会で優勝するなどいい成績を収めています。スチュアートはモードの自慢の息子でしたが、付き合う女性について家柄が合わないなどの理由で干渉もされています。

家庭の外では、『赤毛のアン』を出版したページ社と印税の支払い方法や『アンをめぐる人々』の出版などについての長く続く裁判がありました。最初の訴訟は一九一七年で、その後十年以上続き、一九二八年にやっと解決を見ます。裁判は二つの州で、さらにアメリカの最高裁判所でも争われましたが、最終的にはモードの勝訴で終わりました。裁判はページ社とのものだけでなく、ユーアンが運転する車が衝突事故を起こし、相手方との訴訟に発展して、その裁判もしばらく続くことになりました。長老派牧師としての収入はモードの収入に比べ大幅に少なく、裁判の費用はモードが出す事が多かったようです。

ユーアンのうつ状態を心配していたモードですが、自身の体調にも不安がありました。彼女は教員時代から気分の浮き沈みが激しく、極度の落ち込みを感じることもあり、またしばしばひどい頭痛に襲われ、生涯悩まされました。ユーアンもモードも睡眠薬と鎮静剤に頼り、最後はほとんど中毒状態になっていたようです。当時はまだ薬の副作用について医者でさえもよくわからないままに処方され、薬を飲むことでかえって体調が悪化し、そのためにまた薬を飲むという悪循環に陥っていたとみられます。

前述の通りモードは一人で何役もこなしていたので、家にはいつもメイドがいて家のことを任せていました。生涯にわたり、何人ものメイドを雇っています。メイドの中には噂好きで陰口をたたく者もいて、モードが育んでいたエドウィン・スミス（マクドナルド家の近くに住む長老派の牧師で世界中を旅していた）との友情に対してあることないこと言いふらし、それでモードはゴシップの的になったこともありました。他のメイドにも良し悪しがあり、モードの気持ちはそれによって揺れ動きました。

モードを悩ませたものには、文壇の状況の変化もありました。戦後のモダニストたちは、現実を見据え、苦しむ人々や犯罪、戦争、性などをテーマに無駄を省いた簡素な文体で書くことを求めるようになり、モードの作品はそういうものとは相反してセンティメンタルだと批判されるようになったのです。特に文芸評論家で編集者でもあったウィリアム・ディーコンには目の敵のようにこき下ろされ、その攻撃は一九二六年以降長く続きました。「コスモポリタン」がこの時代のスローガンで、文壇はグローバルなものを求めましたが、モードはそれに抵抗するかのように地域にこだわりました。エミリー・シリーズでも、ニューヨークの雑誌社への誘いを断って島に留まるエミリーを描いており、モードの意志が反映されています。そのようなモードの「地域主義」やユーモア、また物語のハッピーエンドが批判の的になりました。モードはあくまで、祖父譲りのストーリーテラーであり、それは時代遅れとみられても仕方がありませんでした。CAAの幹部の職を追われ、疎外感を感じたこともあったようですが、それでも若い作家たちに関わってカナダ文学の発展のため頑張るよう応援をしており、自分が死にたいと思っているような時でも、若い女性作家を励ます手紙を送っています（CAAでは最後には名誉会員になっています）。

モードはファンからの手紙に必ず返事を書く人でした。手紙をやりとりしていたファンの中にレズビアンの小学校教師、イザベラ・アンダソンがいて、この人は今で言うストーカーで、モードは随分と悩まされたようです。イザベラは『アンの幸福』の副校長キャサリーン・ブルックに反映されています。伝記を書いたルビオが二十五年間にわたってモードにゆかりのある多くの人にインタヴューをした中で、唯一敵対心を持っていた人とされています。

このように、公の場ではわからないところで多くの困難があり、それに耐えていたモードですが、なぜ隠したかといえば、それはルビオも指摘しているように、彼女のプライドのためと言えるでしょう。モードはエリート家族の出身であることを意識していました。本書にも、昼食を家で食べていたこと、みんなが裸足なのに自分はボタン付きブーツを履いていたこと、袖付きのエプロンをしていたこと、使用人が何人もいたこと、そして、読み書きが生まれつきできたかのように思えること、リーダーIを飛ばしたことなどが出てきますが、そういうところにモードのプライドが見え隠れしています。モードは表面上はあくまでエリートセレブの顔を保ち、内なる苦しみは決して外に出すことはなかったのです。

そんな中、モードが自分の心の内のすべてとは言わないまでも多くを語ることができた相手がいました。それは、二人のペンフレンド、スコットランドのジャーナリスト、ジョージ・ボイド・マクミランと、アルバータで教員をし、作家でもあったドイツ系カナダ人、イーフレイム・ウィーバーでした。この二人とは一九〇二年から生涯に亘り、四十年間文通を続け、その手紙も出版されています。

モードの趣味は写真を撮ることで、多くの写真を残しています。また、猫が大好きで、サインの後に小さな黒い猫のイラストを描くこともよくありました。愛猫ラッキーについては、その死の一年後の日記に四十ページにわたって愛すべき性質について書いています。

3　作品について

モードは二十の小説、五百篇以上の短篇、五百の詩、数えきれないほどの随筆、そして十巻の日記を残しています。

『赤毛のアン』は出版後五年のうちに三十二版を重ね、各国語に翻訳され、数百万部売れており、現在までに世界中で数千万部（一説には五千万部以上）売れているそうです。アン・シリーズは全部で九冊（短篇集を含めると十一冊）書いていますが、モードはアンには飽きていて、「これが最後」と思っても、出版社の要請で嫌々続編を書き続けたようです。しかも、精神状態が悪い時もありました。アン・シリーズの中には、手紙や日記の形式でプロットと呼べるようなものもなく、単に挿話の羅列のような形になっているものもあります。巻末の作品年表をご覧いただくと分かる通り、アン・シリーズはアンの年齢順に書かれたわけではなく、最後の二冊は年齢の抜けている部分を埋めるために書かれました。

アンはモード自身をモデルにしていると言われますが、彼女自身はエミリーこそ自分の分身であると言っていて、エミリー・シリーズにはアン・シリーズとは比べ物にならないくらい、自身の経験が盛り込まれています。エミリー・シリーズを読まれた方は本書の随所にシリーズと共通する文章を見出したことと思います。一巻に数十か所あり、注に入れるときりがないので、入れませんでした。まだエミリー・シリーズを読んでいない方には是非読むことをお勧めします。今度は逆にそこかしこに本書の文章と同じものを見つけることができます。第一巻『可愛いエミリー』*Emily of New Moon* の二十七章には本書冒頭にある「リンドウに寄せて」の詩の一節があり、本書の原題である「アルプスの道」という言葉はシリーズのいたるところに出てきています。第二巻は『エミリーは登る』*Emily Climbs* という題名で、エミリーが何を登るかといえば、まさにアルプスの道を登るということであり、「アルプスの道」は作家としての成功を追求する困難な道のりの比喩として用いられているのです。

モードは『アンの夢の家』を書き終えてから三週間もしないうちに本書を書き始めています。執筆年代が近いためか、この本と本書の二年後に出版した『虹の谷のアン』には類似した文章が多く登場しています。それ以外の作品の中にも、本書に盛んに出てくる、美、妖精、夢、魔法、たそがれ、永遠、「生涯忘れることができない」などの言葉がよく使用されており、モードが大事にしていたものがわかります。モードは後に書いた『銀の森のパット』*Pat of Silver Bush* の主人公パットが自分自身だとも書いていて、作品のヒロインはそれぞれの時期のモードの分身であったと言えるのでしょう。

モードは数冊の大人向けの小説も書いています。児童文学だけの作家と見なされることには不快感を抱いていました。『青い城』*The Blue Castle*（一九二六）はモードの小説の中で唯一舞台がプリンス・エドワード島ではなく、オンタリオ州トロント北方のバラをモデルとする架空の町となっています。この本は未婚の母や、神を冒涜する言葉を吐く人が登場することから一部の教会の図書室からは排除されましたが、よく売れました。この小説は風変わりな登場人物と巧みなストーリー展開で読むものを引きつける名作だと思います。また、一九三一年に出版した『もつれた蜘蛛の巣』*A Tangled Web* は、二つの氏族同士の結婚における愛やロマンスをユーモラスに描いた作品で、多彩な人間模様と最後の思わぬ展開にモードの真骨頂が示されていますが、以前の小説ほどには売れませんでした。

最後の作品である『アンの想い出の日々』*The Blythes Are Quoted* はその原稿がモードの死の当日に出版社に届けられましたが（誰が届けたかはわかっていません）、完全な形で出版されたのは二〇〇九年で、なんと六十七年かかりました。この作品は短篇十五篇と詩四十一篇、そしてその間に挟まれるブライス一家（アンの家族）の会話の場面十二で構成された一風変わった作品です。詩はアンが朗読するという形で紹介され、それについて家族が話し合うというスタイルになっています。『アンの村の日々』*The Road to Yesterday* という題名で最初に世に出たのは一九七四年のことでしたが、その時は一番長い短篇やブライス家の語らいがすべて省かれ、詩は一篇を除きすべて外されており、オリジナルとはまったくの別物でした。なぜそのような形になったのかわかりませんが、モードの戦争に対する批判的な言及に差し障りがあると判断した編集者の手によるものかもしれません。この本の中の短篇のほとんどはモードが以前に発表したもので、だいたい一九三〇年代に書かれたものです。冒頭の「笛吹き」という詩は『虹の谷のアン』と『アンの娘リラ』で触れられていて、この二つの物語の中で、戦争で亡くなる前にアンの息子ウォルターが書き、一夜にして有名になったとされていましたが、実際には存在しないものでした。ここでは、モードが最近になって書き上げた、という言葉とともに載せられています。アンやウォルターの作とされている四十一の詩はすべてモード自身の詩です。「笛吹き」はモードが亡くなる三週間前に自身により『サタディ・ナイト』紙に投稿され、一九四二年五月二日に遺作として掲載されました。

4　モードと日記

モードが生きた時代の少し前のヴィクトリア朝時代、日記は中流から上流階級の女性の間で流行していました。日頃押さえつけられていた女性達の鬱憤のはけ口となっていたのです。モードも九才の時から日記を書いていますが、一八八九年九月、十四歳の時にそれまでの日記を焼き捨てて新たに書き始め、生涯続けています。

本書の中には自身の日記からの抜粋が数多く含まれていますが、日記からの引用と銘打っていなくても、日記の文章をほとんどそのまま使っているところも多々あります。最初私は、さすが作家の日記はそのまま世に出せるものなのだと感嘆したものでしたが、実はそうではなく、モードは作家として認められた後、後世に残すつもりで自身がつけていた日記をすべて書き直しており、日記自体が言わば彼女の作品なのでした。彼女は一九一九年にそれまでの日記のすべてを書き写し始め、一九二二年に写し終わって、それ以後は毎日メモを書き留め、それを広げて日記帳に書き記すようになります。自分の死後出版してもらうことを望んで清書したり、タイプライターで打ち直したりした日記は十冊に及びました。将来の出版を見越しているので、都合の悪いことやプライドが許さないようなことは書かなかったようです。

母クララの死については一八九八年四月八日の日記に見られます。実際にクララが亡くなったのは一八七六年九月十四日ですが、日記は二十年以上経って、祖父マクニールの突然の死に際して、母の死に顔を思い出して書いているのです。しかも現在残っている日記はモードが四十代半ばになってから書き直したものです。本書には日記からの転載である旨は記載していませんが、その描写はこの日記の文章とほぼ同じであり、それをそのまま使ったのか、もしくは逆に本書の文章を日記に転載したのかもしれません。いずれにしても、床の陽だまりに木の影が揺れていたなどという描写は、明らかに一歳九か月の幼い子どもの記憶ではなく、作家として思い返したときの情景に違いありません。

本書のことは一九一七年一月五日の日記に見られ、ここにも「リンドウに寄せて」の詩を載せています。この時にはすでに連載の中身を書き終えていたようで、それを読んだ編集者が恋愛について一つも書いてないのは残念だと言ってきたことが記されています。そして、自分自身の楽しみのため、また未来の孫やひ孫に読ませるためにできるだけ率直にここに書いておきたいとして、長々と自分の恋愛事情を記しています。そこに挙げられている男性は実に十八人。初恋は十二歳か十三歳の時だったと書いています。十五歳の時に初めて「愛してる」と言われた男性のことや、プロポーズされた男性たちのことが書かれていますが、ほとんどの人のことはすぐに忘れた、としています。婚約を破棄したエド・シンプソン（モードのいとこ）についてはあまり語る必要もないし、語りたくないと書いています（ルビオの伝記によると、モードは彼のことを心から愛していないことに気付いて婚約を破棄したということです）。初めてモードが愛したのは、ベデックでの教員時代、下宿をしていた家のハーマン・レアードだとしています（これもルビオによれば、農夫である彼とは家柄や教養が釣り合わないとして関係を終えたということです。彼との交際はシンプソンとの婚約期間中のことでした）。最後にユーアンのことが出てきて、彼に対しては一度も恋に落ちていないけれども「大好きだ」と表現し、モードの人生が一番暗い時に出会った人だと書いています。

ずっと日記を書き続けていたモードでしたが、「最悪だった」という一九三七年には一度も書いておらず、その年に忘れられない出来事があったとしつつも何があったのか一言もありません。前年はユーアンとの結婚二十五周年でしたが、結婚記念日の日記には、「この二十五年の大半は、ユーアンのメランコリーの発作により悪夢であり、また最後の六年間はチェスターの行為によってそれがさらに増した」と記しています。

モードの希望通り、十巻の日記はすべて出版されました（完全版と抜粋版の二種類があります）。

5　プリンス・エドワード島への愛

モードが本書でプリンス・エドワード島（Prince Edward Island 以下ＰＥＩ）で育っていなかったら、『赤毛のアン』は生まれなかっただろうと述べているように、ＰＥＩは彼女の作品に大きな影響を及ぼしています。アンはこの島が「世界中で一番きれいなところだって、いつも聞いていた」と言っています。結婚後はなかなかＰＥＩに戻ることもできなかったモードですが、何度か数週間から数か月の滞在をして、その自然に癒され、新たに生きる勇気を与えられていたようです。

モードはジェーン・オースティンやブロンテ姉妹、ジョージ・エリオットがそのゆかりの地を永遠のものにしたように、キャベンディッシュを永遠のものにしたいと望んでいました。その願いは叶えられましたが、モードが愛してやまないこの島は、皮肉なことに彼女の成功によって観光客が押し寄せ、静かな佇まいが失われることにもなり、彼女にとってとても心苦しいことであったのは想像に難くありません。

一九三七年には、グリーン・ゲイブルズを中心として、ＰＥＩ国立公園が正式にオープンしました。モードはＰＥＩ州歌も作詞しています。

翻訳にあたって

学習院生涯学習センター（現学習院さくらアカデミー）で『赤毛のアン』の原書や *The Alpine Path* を取り上げ、アンやモンゴメリに親しみを感じていた私ですが、実は子どもの頃にはアン・シリーズを全部は読んでいなくて、大人になってからアンの魅力にとりつかれた一人でした。*The Alpine Path* の邦訳は以前に『険しい道』と題して出版されていましたが、絶版となったので、まだこれを読んでいないモンゴメリファンやアンのファンの皆さんに是非読んでほしいと思い、お届けする次第です。

モンゴメリの文体は感覚に訴えた「装飾過剰な文体」（英語では purple prose と呼ばれます）で、情緒的で複雑な、もっと平たく言うと、修飾語が重ねられたとても長い文なのですが、それをわかりやすく、文を分けるのでなく、できるだけ元の文に合わせた訳文にすることを心がけました。文を分けてしまうと、モンゴメリらしさがなくなってしまうと思ったからです。原文に合わせつつ、なおかつ日本語として不自然にならないようにするのは大変な作業でしたが、それはまた楽しい作業でもありました。

私が初めてPEIに行ったのは二〇〇八年七月のことでした。その年はたまたま『赤毛のアン』の出版百周年でした。グリーン・ゲイブルズをはじめとするモンゴメリやアンゆかりの地を訪ね、その美しさと人々の優しさにすっかり魅せられました。それぞれの場所についてはPEI関連本や写真集など多数出ていますので、そちらに譲ることにいたします。

その後、*The Alpine Path* に出てくる場所をもっと確かめたいこともあって二度訪ねました。二〇一四年には十月に行きました。なぜかといえば、アンがこう言っていたのを覚えていたからです。「ああ、マリラ、世界に十月という月のあることが、あたし、うれしくてたまらないわ。もし九月から、ぽんと十一月にとんでしまうのだったら、どんなにつまらないでしょうね」(『赤毛のアン』第十六章　村岡花子訳)。十月ともなると、すでに観光シーズンは終わり、キャベンディッシュの海岸や通りには人っ子一人おらず、私はその風景を独り占めしました。アンが言う通り、紅葉は見事なものでした。日曜日にはモードも通ったというシャーロットタウンの長老派教会の礼拝に出席し、私の教会で歌っているのと同じ讃美歌も歌い、親しみを覚えました。

翌年九月には、ハリファクスにも足を伸ばし、海岸公園や墓地公園、ダルハウジー大学などに行き、モードが働いていた新聞社が入っていた建物も外から見ました。アンと同じようにフェリーでPEIに入り、前年に行けなかった場所にも行くことができ、関係する場所はほとんど回りました。

モードが結婚式を挙げたパーク・コーナーの「銀の森屋敷」(英語ではSilver Bush、パットが住んでいた家は、この家をモチーフにしています)は、現在「赤毛のアン博物館」となり、モードのいとこの孫(クララの妹のひ孫)であるジョージ・キャンベル氏が所有し、妹のパム・キャンベルさんが住んで管理をしています。一階は本などを売るお店になっていて、一階の奥に私室があるパムさんは気が向くとお店に出て観光客の相手をします。会えないことも多いようですが、私は二回行って二回ともお会いすることができました（このお店で買った小冊子にモードが作詞したＰＥＩの州歌が楽譜付きで載っていたので、講座の折にピアノ伴奏で歌いました）。

ＰＥＩはモードの生きた時代とは少々変わってしまったかもしれませんが、その赤土の道や美しい海岸、緑あふれる大地はそのまま残り、モードの愛した自然はいつも変わらず存在しています。質素な心休まる場所とモードが言っていますが、まさにそのような場所です。

『赤毛のアン』の人気は日本が一番高く、ＰＥＩへの観光客は日本人が一番多いことは知られています。日本人向け旅行会社のＭさんによると、現地ではモンゴメリや『赤毛のアン』に関しては関心のある人とない人の差が顕著で、識者と観光業界が手を組んで、教育現場にモンゴメリを授業で扱ってもらうように働きかけているもののいまひとつ広まっていないそうです。一般の人たちはモンゴメリやアンについては「ああまたか、もういいよ」と言わんばかりの人が多いそうです。エミリーが一九九八年にドラマ化された際には、主役の子がシャーロットタウン出身だとか、ロケもＰＥＩでほとんどやったとか、島でもずいぶんニュースになりましたが、最近はロケ地になったところも廃れてしまい、忘れ去られているといいます。ここ数年、ＣＢＣ（Netflix）やＰＢＳで新たに『赤毛のアン』がドラマ化されてちょっとした盛り上がりはありましたが、一般の人たちの関心はやはりそれほど高くはなかったようです。

日本では数年前に、NHKの朝の連続テレビ小説で、村岡花子氏の生涯を描いた「花子とアン」が放映されました。昨年は二〇一六年にカナダで制作された映画『赤毛のアン』三部作が上映され、また、NHK Eテレの番組「100分de名著」でも『赤毛のアン』が扱われました。『赤毛のアン』のミュージカルも定期的に上演されており、相変わらずの人気を保っているように思います。

モードは「アルプスの道」を登り切って、成功という名の頂上へと達しました。でも、頂上に達した後も、彼女にはさらにもがき苦しむ人生が待っていたのです。そして最期が自殺だったという衝撃的な事実。キリスト教の信仰が彼女の（そして牧師であるユーアンにとっても）魂の救いになり得なかったことは、同じクリスチャンとして残念でたまりません。彼女は、宗教は社交クラブ以上の何ものでもないと語ったこともあるようでした。

様々な困難の中、モードは驚くべき数の作品を残しました。彼女にとって「書くこと」は息を吸うのと同じくらい、生きていく上で欠かせないもので、また、書いている時だけがつらさを忘れることができる至福の時間であり、セラピーのような働きをするものでもありました。ところが、一番つらい時にはその「書くこと」さえできなくなってしまったモードの苦しみは計り知れません。人の何倍も働き、読者を楽しませ、そして苦しみ、何倍も濃い人生を歩んだ彼女に「お疲れ様でした」と心から労いの言葉を送りたいと思います。モードは忘れ去られることを恐れていましたが、私たちが彼女を忘れることは決してありません。ストーリーテリングの名手であったモードの作品は、それを読んだ私たちの心にいつまでも残り、モードの分身たちもまたその作品の中で永遠のものとされることでしょう。

最後になりましたが、出版にあたり大変お世話になりました柏書房の竹田純氏に心から感謝申し上げます。

二〇一九年　三月

参考文献
Mary Henley Rubio : *Lucy Maud Montgomery The Gift of Wings* (2008 Anchor Canada edition 2010)
Mollie Gillen : *Lucy Maud Montgomery* (Fitzhenry & Whiteside Ltd. 1978)
Eds. Mary Rubio & Elizabeth Waterson : *The Selected Journals of L. M. Montgomery Volume I~V* (Oxford University Press 1985~2004)

[著者] L・M・モンゴメリ
1874-1942。カナダ、プリンス・エドワード島生まれ。
『赤毛のアン』のシリーズのほか、『エミリー』シリーズなどの
小説、詩集、日記を残した。詳しくは本書モンゴメリ作品年表、
および訳者あとがきを参照。

[訳者] 水谷利美（みずたに・としみ）
学習院大学大学院人文科学研究科イギリス文学専攻博士課程満期退学。
学習院大学・学習院女子大学非常勤講師。
訳書に『シェイクスピア ヴィジュアル事典』（共訳・新樹社）ほか。
日本基督教団信濃町教会会員。

ストーリー・オブ・マイ・キャリア
「赤毛《あかげ》のアン」が生《う》まれるまで

2019年7月10日　第1刷発行

著　者　L・M・モンゴメリ
訳　者　水谷利美
発行者　富澤凡子
発行所　柏書房株式会社
東京都文京区本郷2-15-13（〒113-0033）
電話（03）3830-1891（営業）
（03）3830-1894（編集）
装　丁　吉田考宏
装　画　あべあつし
DTP　高井愛
印　刷　萩原印刷株式会社
製　本　小高製本工業株式会社

ISBN978-4-7601-5104-2